愛經典

閱讀經典，成為更好的自己。

緣起

卡爾維諾說：「『經典』即是具影響力的作品，在我們的想像中留下痕跡，並藏在潛意識中。正因『經典』有這種影響力，我們更要撥時間閱讀，接受『經典』為我們帶來的改變。」因為經典作品具有這樣無窮的魅力，時報出版公司特別引進大星文化公司的「作家榜經典文庫」，期能為臺灣的經典閱讀提供另一選擇。

作家榜經典文庫從二〇一七年起至今，已出版超過六十二本，迅速累積良好口碑，不斷榮登各大暢銷榜，總銷量突破一千萬冊。本書系的作者都經過時代淬鍊，其作品雋永，意義深遠；所選擇的譯者，多為優秀的詩人、作家，因此譯文流暢，讀來如同原創作品般通順，沒有隔閡；而且時報出版公司在臺推出時，每部作品皆以精裝裝幀，質感更佳，是讀者想要閱讀與收藏經典時的首選。

現在開始讀經典，成為更好的自己。

Contents

目錄

第一部

I 009
II 026
III 036
IV 049
V 056
VI 063

第二部

I 080
II 092
III 105
IV 122
V 134

附錄

《異鄉人》美國版自序 156
一九五七年諾貝爾文學獎頒獎致詞 158
諾貝爾文學獎卡繆獲獎演說 161
卡繆年表 168

譯後記 一個名字與無數個替身 180

La premieère partie

第一部

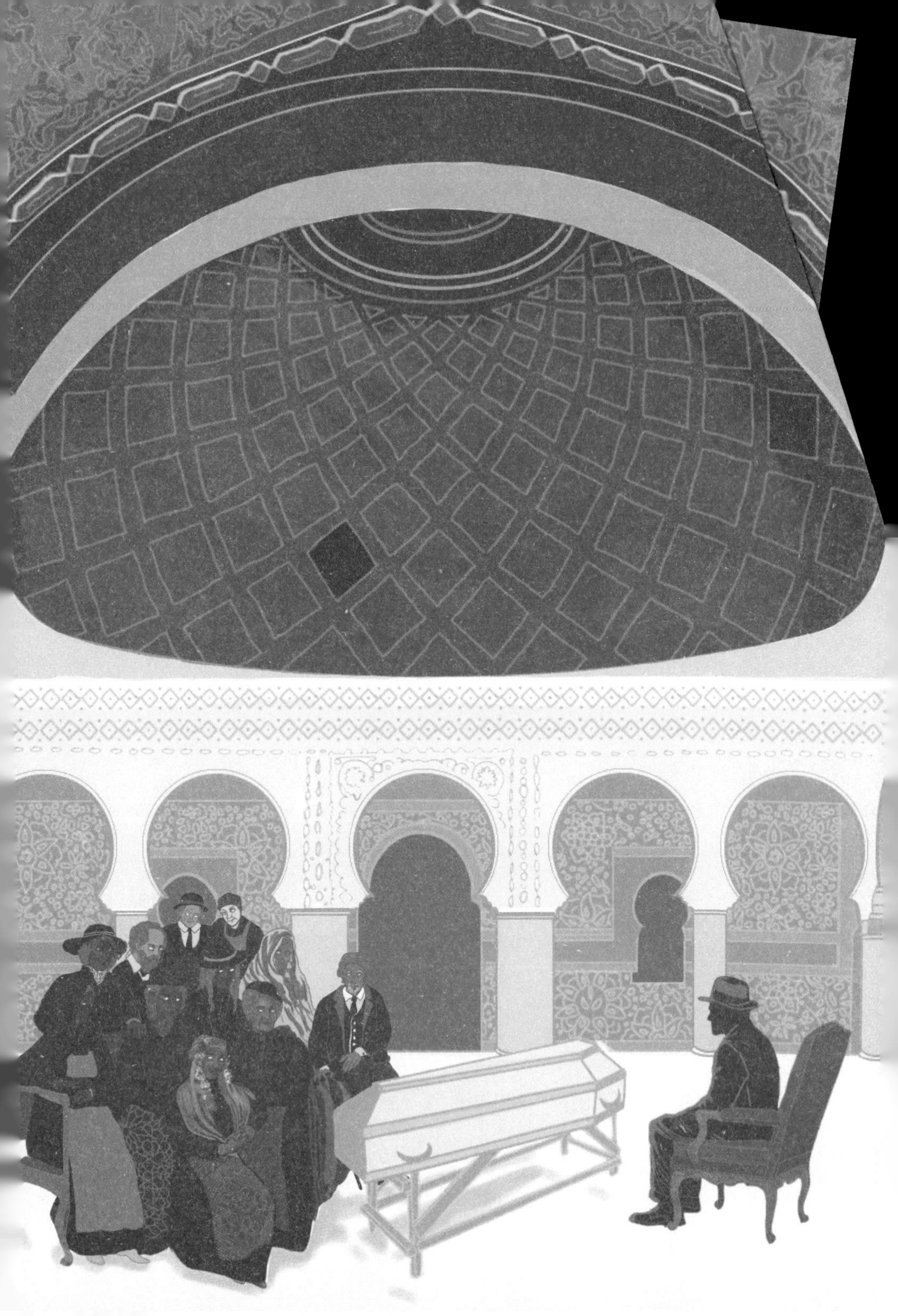

I

今天，媽媽死了。也許是昨天，我不清楚。養老院發來電報：「母逝。明日葬。此致。」等於什麼都沒說。也許是昨天吧。

養老院位於馬倫戈，距阿爾及爾八十公里。我打算坐兩點鐘的公車，下午能到。這樣就趕得上守靈，然後明晚返程。我跟老闆請兩天的假，他沒理由不批准。不過他確實不太高興。我甚至都說了「這不是我的錯」，他也沒回應。我壓根就不該提這事。不過總體說來，我覺得沒什麼好抱歉的。他本就該來慰問我。不過，等後天他看見我戴著孝，準會這麼做。此時此

今天，媽媽死了。

也許是昨天，我不清楚。

刻，媽媽像是還沒死。相反地，等葬禮辦完，一切塵埃落定，才會顯示出應有的嚴肅感。

我搭乘兩點的公車。天很熱。跟往常一樣，我去瑟萊斯特的餐廳吃飯。他們全都為我悲痛，瑟萊斯特跟我說：「每個人都只有一個媽媽。」離開時，他們一直送我到門口。我疏忽大意，忘記上樓跟艾曼紐埃爾借黑領帶和黑紗。就在幾個月前，他剛剛失去了叔叔。

我跑步前往車站，生怕耽擱行程。匆匆忙忙，又是一路小跑，加上路途顛簸，混合著汽油味，還有路面和天際的混響，弄得我昏沉沉。幾乎睡了整整一路，醒來時，發現自己靠在一個軍人身上，他對著我笑笑，問我是不是遠道而來。我懶得多說，就答了一聲「是的」。

養老院離村鎮兩公里遠。我步行前往。心想趕緊見到媽媽。但看門人說，必須先跟院長碰個面。他很忙，我等了一小段時間。這期間，看門人一直陪著我聊天，隨後我見到院長，他在辦公室接待我。他是個身材矮小的老頭，胸前佩戴著榮譽軍團勳章，發亮的眼睛直盯著我。他久久握住我的手，我不知道怎樣才能把手抽回來。他查閱了一份文件，跟我說：「莫爾索夫人是三年前送到這裡來的。您是她唯一的經濟來源。」我猜他是想責怪我什麼，便開始辯解。但他打斷了我：「您不用急著解釋，我親愛的孩子。我看了您母親的資料。您並不能滿足她的需求。她需要一個護理員。您的收入不算高。總之，她待在這裡要更幸福一些。」我說：「是的，院長先生。」他接著說：「您知道，她有自己的朋友，有同齡人做伴。她可以跟他們分享屬於另一個時代的話題。您太年輕，她跟您在一起會覺得無聊。」

的確如此。媽媽在家時，喜歡靜靜地盯著我看，這樣就能消磨一整天。剛住進養老院時，她經常哭。僅僅因為不習慣。幾個月後，要是把她接出養老院，她倒要嚎啕一場了。依舊是習慣使然。最後一年我幾乎沒去探望她，一部分原因也在於此。當然也因為探望一次就要占用整個星期天，還沒算搭公車、買票、路上耽擱兩小時的辛勞。

院長還在喋喋不休，可我壓根沒聽進去。接著他說：「您肯定想去看看您母親。」我一言不發地起身，他搶在前面走到門邊。樓梯裡，他跟我解釋說：「為了不驚擾到別人，她被轉移到小太平間了。每逢有人過世，其他人都會緊張個兩三天，造成我們管理上的不便。」我們穿過院子，老人們正三五成群地閒聊。當我們經過時，他們就閉嘴噤聲了。待我們走遠，才重新拾起話頭，就像雌鸚鵡低聲地嘰嘰喳喳。院長在一幢小樓門口與我道別：「請自便吧，莫爾索先生，我在辦公室隨時恭候您。理論上，葬禮訂在上午十點。我想您應該會為死者守靈的。對了，您母親似乎跟朋友們提過，想按宗教儀式來入葬。我已安排妥當，但還是想先知會您一聲。」我向他道了謝。媽媽雖說不算是無神論者，但活著的時候也從沒想到過宗教。

我走進去。房間很敞亮，牆面用石灰粉刷白，還有一面彩繪玻璃窗。外加幾把椅子和X型支架。兩個架子擺在中央，支起一口加蓋的棺木。只能看得清那些磨亮的、快要損壞的螺絲釘，鬆垮地鉚在漆了褐色染料的棺木上。棺木旁，是一位穿著白色罩衫的阿拉伯女護士，頭上包覆著的綢巾顏色鮮亮。

這時，看門人走進來，站在我背後。他大概是跑著過來的，結結巴巴地說：「她被蓋起來了。但我該把螺絲旋開下來，讓您看看。」他走近棺木，但我阻止了他。他說：「您不想看看嗎？」我說：「不想。」他停下動作，我有點忐忑，覺得自己不該那麼說。沉默了片刻，他盯著我問道：「為什麼呢？」但毫無責備的意思，像是在問他自己。我說：「我不知道。」他撚了撚花白的小鬍鬚，眼睛從我身上移開，說：「我明白。」他有一雙淡藍色的漂亮眼睛，臉有點泛紅。他遞給我一把椅子，自己則坐在比我稍稍靠後的位置。護士站起來朝門口走去。看門人突然對我說：「她得的是潰瘍病。」我聽不太明白，就盯著女護士看，發現她眼睛下面綁了一條繃帶，一直繞到後腦勺。鼻子的那個位置，繃帶是平塌塌的。她臉上只有繃帶的白色清晰可辨。

她出去以後，看門人說：「您還是一個人待著吧。」我不清楚自己做了一個怎樣的手勢，結果他筆直地站在我身後。他待在這裡讓我不舒服。

傍晚曼妙的霞光灑滿了房間。兩隻大胡蜂緊貼玻璃窗嗡嗡作響。我感覺自己被陽光擊敗了。我背對著看門人說：「您在這裡工作很久了嗎？」他立刻答道：「五年」——猶如一直在等我提出這個問題。

之後，他就打開了話匣子。倘若有人對他說，他會在馬倫戈養老院當一輩子的看門人，他定會驚詫不已。他六十五歲了，巴黎人。我想起，他帶我去見院長前還談起媽媽的事。他說最好盡早下葬，平原上熱得很，尤其是這個地區。也就是說，他讓我了解到他曾住在巴黎，並且，這件事令他終生難忘。巴黎人有時會跟死人共處三四天。而這裡，人們耗不起這麼多時間，也不會生出在靈車後面跟著跑的念頭。他妻子提醒他：「閉嘴，沒必要跟先生提起這些事。」老男人漲紅了臉，請我原諒。我解圍地說：「沒什麼，沒什麼。」我覺得他講的一切既合理又有意思。

在那間小太平間裡，他告訴我，他是以貧民身分來到這家養老院的。他覺得自己身體挺強健，就自願承擔看門人的職責。我插嘴說，總之他算是院友。他說不是。我早先就注意到，談及那些院友，包括一些比他更老的人時，他喜歡用「他們」、「其他人」來稱呼，很少說「那些老人」。不過，自然是有些差別的。身為看門人，他在某種程度上比他們更有權力。

護士此刻走了進來。轉眼就到了傍晚。夜色在窗玻璃上愈塗愈厚。看門人旋轉電燈開關，突然迸濺的光幾乎要刺瞎我的眼。他邀我去公共食堂吃晚飯。但我不餓。他說給我倒一杯加奶的咖啡吧。我一向喜歡牛奶咖啡，所以接受了好意，不一會兒，他端著一只盤子回到我身邊。我喝了。然後想抽菸。但我猶豫了一下，不知該不該當著媽媽的面這麼做。我略微想了想，覺得無關緊要。也遞給看門人一根，跟他一起抽著。

突然，他對我說：「您知道的吧，您母親的朋友們也會參加守靈。這是慣例。我得去搬一些椅子來，還有黑咖啡。」我問他能不能關掉一盞燈。強光映在白牆上讓我很疲憊。他說不行。起初裝修時就是這樣設計的，要麼全關，要麼全開。後來我就沒怎麼留意他了。他出去了一趟，又回來布置椅子。他把杯子圍放在一把椅子上，咖啡壺擺在中央。然後坐在我對面，我們之間隔著媽媽。護士也在房間盡頭，背對我。我看不清她在做什麼。

但根據她手臂擺動的樣子，我猜是在織毛衣。天氣很溫和，咖啡讓我身子暖洋洋的，夜色和花香飄進了敞開的門。我好像打了一會兒瞌睡。

一陣窸窸窣窣的聲響驚醒了我。睜開眼，房間迸發出更亮的白光。沒有一絲陰暗，面前的每一個物件、每一個角度，所有的弧線都浮現出能將人傷害的純淨。就在此刻，媽媽的朋友們都進來了。總共有十來個人，在刺眼的光芒中靜靜挪動的步伐有如滑行。他們全都坐下，椅子卻沒發出絲毫的吱嘎聲。我像是平生第一次仔細地觀察人，他們臉上、衣服上沒有任何細節從我眼前漏掉。然而我聽不到他們的聲響，幾乎難以相信他們是真實存在的。幾乎所有女人都穿著罩衫，用來保持身形的束腰繩則讓她們隆起的腹部更顯眼。此前，我從未注意到老女人的肚子究竟長在哪個位置。男人們幾乎都很枯瘦，都拄著手杖。他們臉上最讓人印象深刻的特徵是看不見他們的眼睛，唯有皺紋形成的凹陷中央隱約透出一絲黯淡的微光。他們就座後，大部分人看著我，侷促地朝我點頭，抑或僅僅是抽搐。我更願意相信他們在致意。此時，我發現他們都圍在看門人身邊，面朝我坐著，微微擺頭。有一陣子我甚至產生了滑稽的想法：他們在審判我。

過一小會兒，一個老太太哭了起來。她坐在第二排，同伴擋住了她的臉。她小聲地啜泣，節奏感很強，似乎難以讓自己停下來。其他人就像什麼都沒聽到似的，消沉，憂鬱，安靜。他們盯著棺木或自己的手杖，或者其他隨便什麼東西，但他們只盯著那樣東西。老太太還在哭。我很詫異，因為並不認得她。我寧願聽不到她的哭聲。但我沒膽量去說。看門人彎腰對她說了些什麼，但她一面搖頭一面嘟噥著，繼續用同樣的節奏哭泣。看門人於是走過來，坐在我身側。沉默了一陣子，他開口向我澄清，雖然眼睛沒朝著我：「她跟您母親很親密。她說那是她在這裡唯一的朋友，現在她一無所有了。」

就這樣，我們枯坐良久。老太太的嘆息和啜泣愈發弱了。她開始用鼻子大量吸氣。她終於累垮了。我不覺得睏，但很累，腰疼。現在，所有人的安靜讓我難以忍受。我偶爾只能聽到一種罕有的響動，卻弄不清究竟什麼在響。時間久了，我終於猜到，一定是其中有人吮吸著自己臉頰的內側，

有一陣子我甚至產生了滑稽的想法：他們在審判我。

讓一些奇怪的聲音不慎發出來。他們意識不到這一點，因為早就深陷在自己的冥思中。我此前甚至有這樣的印象：這位死者，這位躺在他們中間的死者，在他們眼中不具有任何意義。但我現在確信那是個錯誤的印象。

我們一一將看門人端上的咖啡飲盡。然後，我就什麼都不知道了。黑夜在流逝。我記得又一次睜開眼時，老人們互相依靠著睡了，只有一個人把下巴抵在手背上，手裡緊緊握著手杖，凝視著我，像是一直在等我醒來。然後我又睡著。再次醒來則是因為腰部愈發疼了。黎明從窗外掠過。不久，其中一個老人醒來，咳得很厲害。他把痰吐到方格圖案的手帕裡，每吐一口，都像要把肺咳出來。他叫醒其他人，看門人說他們該走了。他們起身。難受的一夜把他們折騰得面如死灰。令我詫異的是，他們每個人臨走時都跟我握手——彷彿這個未曾交換過隻言片語的夜晚，無形中增進了我們的親密。

我累極了。看門人把我帶回他家，終於能稍微梳洗一番。我又喝了一杯加奶的咖啡，味道還不錯。離開時，天徹底亮了。天空一片通紅，高懸在馬倫戈和大海間的山丘上。風從高處拂掠著這些緋紅，帶來海的鹽味。晴天還在醞釀。好久沒來鄉下了，倘若沒有媽媽這事，能獨自散散步是何等的愉悅啊。

但我選擇待在院子裡，等著，在一棵梧桐樹下。我呼吸著新鮮土地的香氣，現在不睏了。我想起辦公室的同事們。這個時間，他們正起床去上班，對我而言這永遠是個艱難的時刻。我還聯想一些諸如此類的事情，但樓裡響起的鐘聲吸引我的注意。窗後是一陣搬家具的喧鬧，隨後一切歸於平靜。太陽又往空中爬升了一點點，我的腳開始被烤熱了。看門人穿過院子告訴我，院長叫我去一趟。我到了他辦公室。他要我在幾份文件上簽字。我看見他穿著一身黑，褲子是橫紋的。他拿起電話，問我：「殯儀館的人來一陣子了。我叫他們把棺木合上。您要不要再去看您母親一眼？」我說不用。於是他壓低嗓音，在電話裡吩咐道：「菲雅克，讓他們合上吧。」

然後他說他會協助入葬儀式，我道了謝。他坐在辦公桌後面，把一雙短小的腿交疊在一起。他提醒我說，待會去現場的只有我和他，外加一位護士當幫手。理論上，院友都不去幫著下葬。他只讓他們守靈，「這關乎人道問題。」他評論道。不過在今天的情形下，他倒是同意媽媽的一位年邁的朋友「托馬．佩雷」的請求，他想跟著靈車去扶靈。說到這裡，院長微微一笑。他說：「您懂的，這裡面有種孩子氣的感情。他跟您母親幾乎形影不離。養老院的人都開他倆的玩笑，跟佩雷說，『這可是您的未婚妻啊。』他就笑。他們還挺開心的。說真的，莫爾索夫人的死確實讓他情緒上大受影響，我實在沒理由拒絕他的請求。不過，照駐院醫生的建議，我沒讓他參加昨天的守靈。」

我們沉默了許久。院長起身，透過辦公室的窗戶往外看。他突然看到了什麼：「馬倫戈的神父到了。他來得有點早。」他說去鎮上的教堂起碼要步行四十五鐘。我們下樓。樓前站著神父和兩個唱詩班的孩子。其中一個孩子手提香爐，神父蹲下，幫他調好銀鏈的長短。我們一到，神父馬上站起來。他稱我為「我的兒子」，跟我說了幾句話就進去，我緊跟在後。

我一眼就注意到鉚釘已經楔進棺木，房間裡還有四個黑衣人。同時，聽見院長跟我說，靈車就停在路邊，神父開始祈禱。從此刻起，一切都運轉得快起來。那幾個男人拿著一襲棺罩走向棺木。神父，他的隨從，院長，還有我，一起走出去。大門前，我遇見一個不相識的太太。「這是莫爾索先生。」院長說。但我沒聽清她的名字，只知道是護士代表。她點了點頭，瘦長的臉上不帶一絲笑容。隨後我們排好送別遺體的隊伍。跟在搬運工後面走出太平間。大門口有一輛馬車。鋥亮，狹長，閃著光，讓人聯想到一只文具盒。車旁站著葬禮的主事者，一位矮個子男人，穿得很滑稽，另有一位老人顯得手足無措。我知道這就是佩雷先生了。他戴了一頂軟塌的圓頂氈帽，側翼很寬（棺木經過時，他摘下了帽子），穿著一套西裝，褲子絞纏在鞋面上，黑布領結在襯衫白領的襯托下顯得過於纖巧。一雙嘴唇在布滿黑點的鼻子底下顫動。纖細的白髮蓋不住那出於好奇心而擺動的耳朵，耳朵的邊縫也有些粗糙，鮮紅地搭配在蒼白的臉上，讓人過目難忘。主事者指定了我們的位置。神父走在前面，隨後是靈車。圍著靈車的是那四個男人。後面是院長和我，走在最後面的是護士代表和佩雷先生。

陽光已灑滿天際。它開始向地面施壓，溫度在迅速上升。我不明白為何等這麼久才動身。深色衣服讓我酷熱難耐。被人群擋住的那個矮個子老人又把帽子摘下來。我一邊聽院長談論他，一邊朝他那個方向微微側身，看他。院長說到了晚上，我母親和佩雷先生經常在護士的陪同下到鎮上散步。我觀察著周圍的鄉村。山坡上松柏的林線直達天際，透過林子，能看見棕紅土壤也染著斑駁的綠色，房子稀疏，但畫面感很好，我能體會媽媽的感受。傍晚踏上這片土地，應該算是一種令人感傷的休憩。今天，滿溢的陽光搖顫著景色，賦予它不近人情、惹人消沉的模樣。

我們開始往前走。就在此刻，我發現佩雷先生腿有點跛，走得很慢。靈車漸漸加速，老人被甩到了後面。圍繞著靈車的那群人裡，有一個跟不上速度，索性跟我並排。太陽竟然這麼快就爬到上空，我很吃驚。我發現整個村子都沉浸在歌聲中：蟲鳴和草叢裡的劈啪聲混在一起。我臉上流著汗。我沒戴帽子，只好拿手帕來搧風。那名殯儀館的雇員跟我講著一些聞所未聞的事。同時，他左手拿著手帕擦自己額頭，右手則把鴨舌帽的帽簷往上掀了掀。我問他：「怎麼了？」他指著天空一個勁地說：「鬼天氣。」我說「是啊。」過了片刻，他問我：「那裡面是您媽媽？」我又說：「是啊。」「她年紀挺大嗎？」我答道：「還好吧。」其實記不得具體的歲數。然後他沉默了。我轉過頭，看見老佩雷在我們身後大概五十公尺以外。扶著氈帽費勁地急忙往前趕。我也觀察了一下院長。他走路的樣子盡顯端莊，絲毫沒有多餘的小動作。汗水在他前額結成細細的水珠，他卻沒有指去。

隊伍似乎挪動得快了點。周遭是同樣被陽光浸透的村子。太陽明晃晃得讓人支撐不住。就在那一刻，我們途經一段新近修繕的公路。陽光把柏油都晒裂了。我的腳就像陷進瀝青裡，又將發亮的油渣翻了出來。那頂車夫的硬皮帽丟在馬車頂篷上，像在這黝黑的汙泥裡糅過。時而藍、時而白的天空和這些顏色的單調讓我有點眩暈：裸露的泥渣黏濕的黑色，衣服黯淡的黑色，靈車油漆的黑色。這一切，陽光，馬車散發出的皮革和糞便的氣味，清漆味，乳香，一夜失眠的睏倦，都讓我眼昏頭暈。我再次扭過頭，佩雷好像遠遠地消失在一團熱氣中，再然後就都瞧不見他了。我用視線去搜尋他，發現他早已偏離了主路，在農田裡橫穿。道路似乎在我面前轉個彎。我明白了，佩雷對這一帶很熟，他試圖抄近路，以便追上我們。轉彎時他已經跟上來，但又被甩在後面。他只好繼續橫穿農田，折騰好幾個來回。我呢，我感覺血液在太陽穴裡翻騰。

這一切發生得如此倉促，如此確切、自然，我竟一點都回想不起來。唯獨記得一件事：進村莊的時候，那位護士代表跟我講了話。她獨特的嗓音跟她的臉毫不搭調，有點發顫，但富於音樂性。她說：「要是我們慢慢走，就有中暑的風險；倘若走得太快，到了教堂就可能感冒。」說得沒錯。真是進退兩難。我還能回憶起當天的另外幾幅畫面，比如，佩雷在村莊附近最後與我們會合時的那張臉：不安的情緒激發出碩大的淚珠，就要流過面頰了。不過，淚水被臉上的皺紋阻擋著，沒能流下來，而是在飽受摧殘的臉上鋪展、匯聚，形成一層水的釉質。我還記得橋兩側路邊的村民，墓地石碑上的紅色天竺葵，佩雷的昏厥（我們說他像散了架的木偶人），撒落在母親棺木上的血色泥土，夾雜著白色的根莖，還有人群，說話聲，村莊，公車在咖啡館門前的等候，不停震動的引擎。最終，當燈火灑滿阿爾及爾的屋內，我想我該跳上床，睡上十二個小時。

II

一覺醒來，終於明白當我向老闆請兩天假時，他看起來不大高興的緣故了：今天是禮拜六。我當時大概是忘了，但起床後就想起來。老闆自然而然地以為我請的是四天假，包含雙休日，這很可能就是他不滿意的原因。但媽媽的葬禮訂在昨天而非今天，原本就不是我的錯；再說，無論如何我還有雙休日可以歇息。當然，這並不妨礙我理解老闆的心情。

昨日累了一整天，今天起床就不大容易。我一邊刮鬍子，一邊思考要做些什麼，最後決定去游泳。我乘電車去港口邊上的海水浴場。我潛入一條泳道。那裡有不少年輕人。瑪麗•卡多娜也在水裡，她以前是我辦公室裡的打字員，我對她頗有好感。好感是相互的，我想。但她不久就離職了，我們也沒時間發生點什麼。我扶她爬上一只救生圈，手擦到了她的胸。我仍待在水裡，她已經翻過身，平躺在救生圈上。她面朝著我。髮絲遮住了眼睛，她止不住地笑。我把自己往上挪了點，和她並排躺著。天氣不錯，我半開玩笑地把頭往後伸了伸，枕在她的肚皮上。她沒說一句話，我也就繼續枕著。整片鍍金的藍色天空統統進入我的眼睛。我能感覺到瑪麗的肚子在我脖子下面輕柔地伏動。我們就保持那樣的姿勢，待了很久，半睡半醒。當陽光愈來愈熾熱，她跳進水裡，我緊隨其後。我抓住了她，將手臂環繞她的腰間，雙雙游動起來。她還是笑個不停。在游泳池邊，當我們擦乾身子時，她說：「我可曬得比你黑。」我問她想不想晚上一起看電影。她再次笑了起來，說想看一部費南代爾演的電影。我們穿好衣服，她看我戴著黑領結，露出愕然的神色，問我是不是在服喪。我告訴她媽媽去世了。她問是什麼時候的事，我說「昨天」。她瑟縮了一下，但沒做什麼其他的

當陽光愈來愈熾熱，瑪麗跳進水裡，
我緊隨其後。

評論。我想對她說這不是我的錯，但還是忍住了，因為我想到此前也是這麼跟老闆說的。那不能說明什麼。無論如何，人人都會有點負罪感的。

傍晚時分，瑪麗已經把這些忘光了。電影裡有些情節相當有趣，但不免荒唐。她把腿壓在我的腿上面。我輕輕蹭著她的乳房。臨近散場時，我吻了她，雖然體驗不好。走出電影院，她逕自去了我家。

醒來時，瑪麗已經走了。她說過要去拜訪她姑母。我意識到今天是禮拜天，真惱人：我一點也不喜歡禮拜天。我在床上翻了個身，想聞聞長條枕上是否殘存著瑪麗髮絲間的鹽味，結果一覺睡到十點。之後我就躺在床上抽菸，一直抽到正午。我並不想像往常那樣去瑟萊斯特店裡用餐，他準會問個沒完沒了，挺討厭的。我給自己煎了幾個蛋，直接在煎鍋裡撈起來吃，沒有配麵包，因為家裡沒有剩下的麵包，況且我也不想下樓買。

吃完午餐，我覺得有點無聊，在大房子裡亂逛。媽媽還在世時，它一度是實用的。現在這房子對我來說太大了，我該把餐桌搬到自己臥室裡。現在我只住這間房，房間裡擺著幾張輕微凹陷的藤椅，壁櫥的鏡面已經泛黃，此外還有一座梳妝臺，一張銅床。其他東西就隨意扔在那裡。過了一會兒，因為無事可做，我就撿起一張舊報紙來讀。我剪下柯盧申嗅鹽的廣告，黏在一本舊筆記本上，裡面全是我從報紙上搜羅來的好笑的東西。洗了把手，我終於站到陽臺上。

我的臥室能俯瞰市郊的主幹道。下午陽光很好。但人行道有點打滑，途經的人很少，行跡匆匆。他們主要是出來散步的一家人：兩個小男孩穿著水手服，短褲過膝，他們裹在這身僵硬的服裝裡顯得有點侷促，還有一位小女孩戴著大大的粉色蝴蝶結，腳穿黑色漆皮鞋。站在身後的是他們的母親，一個體型巨大、身穿栗色絲質裙的女人。父親則是個虛弱的瘦小男人，我見過不止一次。他戴著窄邊草帽，繫了領結，拄著手杖。看到他和他的妻子，我明白鄰居們為什麼說他看上去氣度不凡了。不久後，幾個郊區小夥子經過此地，油光水滑的黑髮，繫著紅領帶，身穿夾克衫，口袋裡露出一截刺繡手帕，腳蹬方頭皮鞋。我想他們是去城裡看電影。所以他們才早早動身，一面歡聲笑語，一面匆匆趕路去搭電車。

他們消失之後，整條街就漸漸冷清下來。各色節目都登場了吧，我想。只有一些店鋪老闆和幾隻貓留守在街上。天空高懸在路兩側的榕樹上方，純淨，但缺乏光澤。對面的人行道上，菸草店老闆搬了把椅子放在門前，叉開腿坐下，兩條手臂搭在椅背上。剛剛擁擠不堪的電車現在空蕩蕩的。菸草店隔壁，一家叫做「皮埃羅」的小咖啡館裡，服務員正在寂寥的室內清掃著木屑。真是十足的星期天景象啊。

我學著菸草店老闆，把椅子轉過來，我發現這樣更舒服。我又抽了兩根菸，進屋取了一塊巧克力，又回到窗邊吃了起來。不久，天色愈來愈暗，一場夏日暴風雨或許就要來了。但片刻工夫又恢復了明亮。烏雲飄過大街，像在部分地履行下雨的承諾，氣氛變得更黯淡。我一直坐在那裡凝視著天空。

五點鐘的時候，電車駛來，巨大的噪音伴隨而來。它們從郊區的體育館運來一撥撥擠在踏板上、緊握護欄的觀眾。後續的電車上則塞滿了運動員，我從那些小行李箱看出他們的身分。他們大吼大叫，聲嘶力竭地高歌

——說他們的俱樂部就像太陽永不落。有幾個還向我揮手。一名運動員甚至衝我喊：「我們把他們打得落花流水！」我點了點頭，彷彿在說「是的」。自那之後，路面上開始車水馬龍了。

白晝又延續了一陣子。屋頂上空天色泛紅，夜幕降臨，街道也熱鬧起來。外出散步的人陸續回來了。我在人群中認出那位樣貌不凡的男人。孩子們要麼大哭不止，要麼就被拖著走。緊接著，本地電影院裡突然有一大波觀眾湧上街頭。有些年輕人比平時更亢奮，我猜他們看的是部冒險片。從城裡看電影回來的人們抵達得晚一些。他們看起來嚴肅得多。他們還有說有笑，但漸漸流露出既疲憊又凝神的樣子。他們流連在大街上，走到人行道對面去。附近的年輕女孩們手挽手，沒有戴帽子。小夥子們聚集在特定位置，為了跟女孩們搭訕，講幾句俏皮話，她們笑著扭過頭去。有幾個我認識的女孩還朝我打招呼。

剎那間，街燈齊刷刷地亮起，削弱了夜空中最早出現的那批星光。我看久了燈火通明的大街和人群，眼睛不禁累了。潮濕的步道在路燈下泛著幽澤，每隔幾分鐘，電車的影子就會映照在某人閃亮的頭髮上，笑靨上，或是一串銀質手鍊上。漸漸地，往返的電車愈來愈少，整個街區也一點點地變空，直到第一隻貓緩緩走過路面，一切重歸於寂寞。我想，該吃晚飯了。在椅背上靠了太久，脖子不太舒服。我下樓買了點麵包和麵條，做好飯，站著把它吃完。想在窗邊再抽一根菸，但天氣轉涼了，我覺得有點感冒。於是就關上窗。轉身回房間時，我瞥見窗玻璃映出餐桌的一角，桌上擺著我的酒精檯燈和幾片麵包。心想，又一個禮拜天要結束了，媽媽已經入葬，我也得回去上班了，說到底，一切都還是老樣子。

III

我今天在辦公室裡很勤快。老闆也待我很客氣。他問我會不會太累，還詢問了媽媽的歲數。我說「六十多吧」，怕弄錯了。不知為什麼，他流露出一種鬆了口氣的神色，像是認定此事終於告一段落。

提貨單在我桌上堆成了小山，我得把它們都處理一遍。十二點，我洗了把手，然後離開辦公室去吃午飯。這是一天中我最喜歡的時刻。傍晚就沒那麼可愛，廁所裡的滾軸毛巾都濕透了，用了一整天都沒人來換。我曾向老闆提過這件事。他的答覆是，他為此抱歉，但這終究是個無關緊要的枝節。我下班稍晚了一點，十二點半才跟運輸處的艾曼紐埃爾一起出門。從辦公室能直接遠眺大海，我們觀看著貨輪在驕陽的炙烤下進港，看得入神。就在此時，一輛卡車伴隨著鏈條嘩啦啦的響聲駛來，聽起來像爆炸了一樣。艾曼紐埃爾問我「要不要過去看看」，我就跑了出去。卡車呼嘯而過，我們跟在後面追。噪音和揚塵把我淹沒了。我幾乎什麼都看不見，只能感覺到自己混亂地一路狂奔，繞過絞盤和機械零件，沿路都是地平線上顛簸的船桅和一些大船殼。我騰空一躍，率先跳到卡車上。我拉了艾曼紐埃爾一把上來。卡車在不平整的碼頭路面上顛了一路，衝進烈日和塵土，我們喘得上氣不接下氣。艾曼紐埃爾笑到喘不過氣。

到了瑟萊斯特餐廳，我們全身大汗淋漓。瑟萊斯特一如既往地挺著大肚子，繫著圍裙，蓄著白鬍子。他問我「還算順利嗎」，我說順利，我餓了。狼吞虎嚥完畢又點了杯咖啡。午餐時喝太多酒，回家後我打了個盹，醒來時又想來根菸。那時很晚了，我跑著去趕電車。整個下午都在工作。辦公室熱得要命，傍晚離開時，我很高興能沿著碼頭慢慢散步回家。天空呈現一種綠色，我快樂極了。我直接回家，不過是想給自己煮些馬鈴薯吃。

在漆黑的樓梯裡我遇見了老薩拉馬諾，跟我住同一層的鄰居。他牽著狗。他養了牠八年，總是形影不離。那隻可卡犬得了一種皮膚病，我認為是疥癬，牠的毛差不多掉光了，滿是紅斑和棕色的結痂。他倆常年在狹窄的小屋裡共處，老薩拉馬諾看起來倒和他的狗有幾分相像。他臉上也有淡紅色的硬皮，頭髮稀疏、泛黃。而狗則從主人那裡習得了駝背的體型、前突的嘴和緊繃的脖子。他們看上去屬於同一個種群，卻憎惡著彼此。一天兩次，上午十一點和下午六點，老頭會風雨無阻地出去遛狗，整整八年，散步的路線從未改變。你能在里昂路上遇見他們，狗扯著老薩拉馬諾直到把他絆倒。他就一邊揍狗，一邊罵。受驚的狗匍匐下來，任人一路拖著牠。這時輪到老頭猛拉牠一把。狗一下忘得精光，又遛起了他的主人，再次被辱罵被毆打。於是，他們倆就在步道上僵持著，對視，狗神色驚恐，而老頭一臉嫌棄。天天都是如此。狗想撒尿的時候，老頭不給牠足夠的時間尿完就拉緊狗繩，狗只好在他身後留下一串尿跡。倘若狗不小心尿在房裡，

我們在桌邊坐下。一邊吃，
他一邊跟我講他的故事。

又要遭一頓打。這種光景持續了八年。瑟萊斯特總是說「真不幸」，但終究誰也不清楚是怎麼一回事。我在樓梯上遇見薩拉馬諾時，他正忙著罵狗：「下流胚子！爛東西！」狗低聲嗚咽。我跟他道晚安，但老頭繼續罵咧咧。我問他狗犯了什麼錯。他沒回答我。他一直重複著：「下流胚子！爛東西！」我大概猜到了怎麼回事，因為他俯下身，整理著狗項圈上的什麼東西。我提高音量。他壓根頭也不回，語氣裡帶著一絲壓抑的怒火：「屢教不改。」然後他牽著狗離開，狗拖著四隻爪子跟在後頭，嗚嗚直叫。

就在那時，同樓層的另一位鄰居也來了。街坊們都說他是個吃軟飯的。每次你問他從事什麼工作，他就說是「倉庫管理員」。總的來說，他不討人喜歡。但他經常跟我聊天，偶爾還來我家小坐，因為我願意傾聽。我覺得他的話挺有意思。何況我也找不出拒絕和他交談的理由。他叫雷蒙·桑特斯。個頭矮，寬肩膀，有著拳擊手式的鼻子。他常常穿得很光鮮。有次我們聊到薩拉馬諾時，他也說：「真不幸！」還問我有沒有覺得倒胃口，我說沒有。

我們一起上樓，準備跟他道別時，他說：「我有一些豬血腸和紅酒，您要不要過來嘗嘗？」我想這樣就用不著自己做晚餐，便答應了。他家也只有一間臥室和一間沒窗的廚房。高出床的牆面上擺著紅白相間的小天使泥塑，還掛著幾幅體育冠軍的照片，三兩張裸女海報。房間裡很亂，床鋪也沒整理。他點燃油燈，從口袋裡掏出一卷骯髒不堪的繃帶包紮他的右手。我問他怎麼回事。他說他和某個找碴的傢伙打了一架。

「您知道的，莫爾索先生，」他說道，「我不是壞人，但性子急躁。那傢伙跟我說：『要是你算個男人，就從電車上滾下去。』我說：『得了，閉嘴吧。』他說我不算個男人。我下了電車，跟他講：『你夠了，省省吧，不然我會讓你長點記性。』他還問我：『你想怎樣？』我一拳打過去。他悶聲倒地。我想過去扶他一把，但他躺在地上踹我。我用膝蓋頂他一下，又搧了兩巴掌。他那張臉血跡斑斑。我問他服不服氣，他說：『服了。』」

說話當時，桑特斯一直在整理著繃帶。我坐在床上。他說：「您懂的，我才不要給自己惹麻煩。是他先惹的事。」確實如此，我深表贊同。他說，

他就是想諮詢我，碰上這種事該怎麼處理。他說我是男子漢，又深諳生活之道，肯定能幫上他，然後我們就會成為朋友。我什麼都沒回答，他又問了我一遍，願不願意跟他做朋友。我說我不介意，他看上去挺開心。他端出豬血腸，放在爐子上煮，又擺好玻璃杯、盤子、刀叉和兩瓶酒。一切都安靜地進行著。我們在桌邊坐下。一邊吃，他一邊跟我講他的故事。

起初他還吞吞吐吐的。「我結識一位女士……也可以說是我的情婦。」那個跟他打架的就是這女人的兄弟。他告訴我，是他一直在養她。我沒應聲，他馬上就說起自己曉得鄰居議論他的流言，但他確實在一家倉庫當管理員，問心無愧。

「接著說我的故事吧，」他說，「我發現她騙了我。」他給了她足夠的生活費，甚至還幫她付了房租，給她一天二十法郎買吃的。「三百法郎房租，六百法郎的伙食費，時不時買幾雙絲襪，加起來也有一千法郎了。而且她沒有工作。她認為理所當然，還說光靠我接濟的錢根本活不下去。我就問她：『為什麼不找個半天的兼職做做？那樣就能減輕我的一些小筆開支。這個月我給妳添購了一套新衣服，我每天給妳二十法郎，幫妳繳房租，而妳呢？妳跟朋友喝下午茶。妳替他們又送咖啡又送糖。我就負責給妳掏錢。我一直待妳不錯的，妳卻對我很差勁。』但她還是不出去工作，總說她做不來，種種這般讓我覺得自己受騙。」

接著，他跟我講述他如何在她的包裡翻到一張彩券，她怎麼也不肯說從哪裡弄來的。過了一陣子，他又在她家裡發現典當兩條手鍊的「當票」。他一直不知道她還有手鍊。「我徹底看清她一直在騙我，所以我離開了她。不過我先揍了她一頓，然後我跟她挑明這一切的事實，我說她想要的無非是玩玩。您懂的，莫爾索先生，我這麼跟她講的：『我給妳的幸福，別人看著都嫉妒，妳卻什麼都看不見。妳以後就會明白跟我在一起有多快活。』」

他把她打得流血。此前，他從未傷過她。「過去也打過，但可以說，打得充滿柔情。她會哭一陣子。我就關緊百葉窗，每次都這樣收場。但這次是認真地打。我覺得對她的懲罰還遠遠不夠。」

我給妳的幸福，
別人看著都嫉妒，妳卻什麼都看不見。

他解釋說，他想就此諮詢我的意見。他停下來，去撥弄燒焦的油燈芯。我一直在聽他講。我差不多喝了整整一升酒，太陽穴燒得滾燙。我抽了不少雷蒙的香菸，因為我身上一根不剩。末班電車經過，把郊區的噪音帶往更遠的地方。雷蒙繼續說下去。他最苦惱的是「他對他情婦還有感情」，但他想給她點教訓瞧瞧。他最初想到的是帶她去賓館開房，然後通知「掃黃警察」過來，弄臭她的名聲，把她登記成妓女。他去找道上的朋友幫忙，他們也沒想出什麼好主意。就像雷蒙向我指出的，小流氓們到了關鍵時刻總是派不上用場。他把這話跟他們挑明，他們建議在她臉上「留點記號」。但這實在非他所願，還需再考慮考慮。首先，他想問我一些事情。但在那之前，他想知道我對整件事怎麼看。我說我沒什麼評價，只是覺得很有趣。他問我覺不覺得這裡面存在著欺騙，我表示似乎確有欺騙，至於她該不該受罰，以及換作我會怎麼做，我回答說，這種事沒有確定的答案，但我能理解他想懲罰她的那種心情。我又抿了一口酒。他點了一根菸，將他的計畫慢慢道來。他想給她寫封信，在信裡「先迎頭猛擊她幾下，再讓她悔恨不已」。待她回到身邊，他要先睡了她，「快要完事的時候」往她臉上吐口痰，把她轟出去。我覺得這確實算得上懲罰了。但雷蒙覺得自己沒能耐寫那樣一封信，想請我幫忙執筆。見我沒吭聲，他問我是否介意，現在就把這事做完，我同意了。

他喝完一杯酒，隨即起身。他把餐盤和一口都沒動的香腸推到一邊，仔細擦拭防水的桌布。他從床頭櫃的抽屜裡拿出一張方格稿紙、一只黃信封、一枝紅色木桿筆和一個裝滿紫墨水的方瓶。他告訴我那女人的名字，我意識到她是個摩爾人[1]。我開始寫信。寫得有點隨性，不過我盡力去滿足雷蒙的需求，畢竟我沒理由讓他感到不快。然後我大聲把信念了一遍。他一邊抽菸一邊聽，時不時點頭，之後，他求我再朗讀一遍。他很滿意。「我就知道，你洞悉生活。」他說。一開始我還沒注意到他開始用「你」

1 從歷史上看，摩爾人主要指的是伊比利亞半島的伊斯蘭征服者。這個詞在歐洲被廣泛使用，一般代指穆斯林，特別是西班牙或北非的阿拉伯人或柏柏爾人。

來稱呼我。當他說：「現在，你是我真正的哥們」，我才從震驚中反應過來。他把這句話重複了一遍，我應聲說：「是啊。」對我來說，我們是不是朋友根本無所謂，但他卻流露出愉快的神情。他把信封好，我倆把酒喝光了。隨後又坐了一會兒，靜靜地吸著菸。外面，一切靜悄悄，甚至能聽見汽車經過時滑行的聲音。我開口說：「有點晚了。」雷蒙也這麼覺得。他說時間過得真快啊，在某種意義上，的確如此。我感覺累了，站起來卻有點困難。我一定看起來疲憊不堪吧，因為雷蒙說我應該照顧好自己。一開始我沒聽懂。然後他解釋說，他聽說我媽媽的死訊，但這是注定要發生的事。我也這麼認為。

我起身，雷蒙使勁地和我握手，說男人總能心意相通。離開時我把門從身後帶上，在漆黑的樓梯平臺上待了片刻。整幢樓靜靜的，我能感覺到從樓梯的深處升起的一縷幽暗而潮濕的微風。我只能聽見血液在耳朵裡嗡嗡作響。我站著，一動也不動。然而薩拉馬諾的房間裡，傳來狗輕輕的嗚咽聲。

IV

我整個星期都在努力工作。雷蒙過來看我，說已經把信寄出去了。我跟艾曼紐埃爾去看了兩次電影，這傢伙總是弄不懂銀幕上發生了什麼，害得我要一一解釋給他聽。昨天是禮拜六，瑪麗如約而至。她穿了一件紅白條紋的漂亮裙子，踩著皮質涼鞋，激起我極度的欲望。你能看得到她堅挺的胸部輪廓，那張被太陽晒黑的臉笑靨如花。我們乘公車去阿爾及爾城外幾公里處的一片不寬的海灘，它被一些岩石圍著，蘆葦隔開了陸地和海灘。下午四點的陽光已經不那麼灼人，但海水還是溫暖的，拖著慵懶的、長長的波浪。瑪麗教我玩了一個遊戲：一邊在海裡游，一邊朝著波峰張開嘴，把盡可能多的泡沫往嘴裡灌，然後背朝下浮在水面上，對著天空噴水。泡沫像蓬鬆的網簾，旋即消失在空氣中，或是像一陣溫熱的雨落回我的臉上。但不一會兒，我的嘴唇就被苦澀的鹽灼傷了。瑪麗朝我游過來，把潛入水裡的身體壓在我身上。她的嘴唇緊緊貼著我的嘴。她的舌頭帶著一絲涼意，就這樣，我們任由海浪帶我們漂了一陣子。

在海灘上穿好衣服後，瑪麗盯著我看。她眼睛一閃一閃的。我吻了她。從那一刻起，我們再沒有多餘的話。我緊緊摟住她，我們迫不及待地坐公車回到我家，跳到床上翻滾。我早早就打開了窗戶通風，讓夏日的夜晚在我們晒黑的肌膚上肆意流淌，多麼愜意。

那天早上，瑪麗沒有走，我提議一起吃午餐。我下樓去買肉。在返回的樓梯上，我聽見雷蒙房間裡響起女人的聲音。緊接其後的是薩拉馬諾大聲呵斥他的狗，我們聽得見腳步聲，狗爪子撓木樓梯的聲音，還有「下流胚子，爛東西」的咒罵——他們正往街上走。我把老頭的事蹟跟瑪麗說了，她聽得咯咯直笑。她穿著我的一件睡衣，把袖子捲上去。她一笑，我的欲望又被燃起。過了一陣子，她問我愛不愛她。我告訴她，雖然那什麼都不能說明，但我好像並不愛她。她看上去很低落。不過做午餐的時候，不知什麼緣由，她又恢復歡笑。她笑的樣子惹得我不由地吻她。就在此刻，雷蒙的房間爆發出爭吵聲。

起先是女人尖厲的聲音，隨後聽到雷蒙在講話：「妳冒犯了我，妳冒犯了我。我就來教教妳怎麼冒犯我。」幾聲悶響之後，女人開始恐怖地嚎叫，一瞬間大家都衝到樓梯平臺上看熱鬧。瑪麗和我也出來了。那女人尖叫不止，雷蒙也毫不手軟。瑪麗說這太惡劣了，我默然不語。她求我去叫警察來，我說我一點也不喜歡警察。但警察還是來了，跟住在二樓的水管工一起。他一敲門，就鴉雀無聲了。他砰砰地愈敲愈響，不一會兒女人就開始哭，雷蒙打開門。他叼了一根菸，看起來頗為自得。那位年輕的女子猛地衝到門邊，告訴警察雷蒙打了她。「報上姓名。」警察問道。雷蒙就跟他說了。「跟我說話時嘴裡不要叼著菸。」警察說。雷蒙有些遲疑，瞥

不知道為什麼，
我想到了媽媽。

了我一眼，又吸了一口。這時，警察朝他整張臉狠狠地摑了一巴掌，聲音響亮而沉悶。香菸飛出幾公尺外。雷蒙頓時臉色煞白，但一時半刻他沒出聲，然後才溫順地請求警察讓他去撿菸頭。警察允許了，加上一句：「不過下一次，你可要記住警官不是傻子。」那女人又在一遍又一遍地哭訴：「他打我。他是個拉皮條的。」「長官，」雷蒙發話了，「在法律上，能把一個男人稱為拉皮條的嗎？」但警察命令他「閉上狗嘴」。雷蒙轉過身對女人說：「妳給我等著，小乖乖，我們很快還會見面的。」警察打斷他，說女人應該馬上離開，而他得老實待著，等候警局的傳喚。他還說雷蒙應該為他的酩酊大醉感到羞恥，他站都站不穩。雷蒙答道，「我沒醉，長官。只是我在這裡，站在您面前，自然會瑟瑟發抖，我控制不住自己。」他關上門，大家都散了。瑪麗和我終於把午飯做完。但她並不餓，差不多全靠我將盤子掃空。她一點時離開，我打了會兒瞌睡。

三點左右，雷蒙敲了敲我的門就進來。我還躺著。他坐在我的床沿上。一開始默默無言，我問他整件事情的經過。他說一切如其所願地進行，但她在他臉上甩了一個巴掌，所以他又揍了她。接下來的事情我都親眼看到了。我跟他說，看上去她也得到應有的懲罰，他應該滿意才是。他也是這麼想的，說警察的所作所為絲毫不能改變她挨了一頓打的事實。他補充道，他清楚警察的德性，知道怎麼和他們打交道。他問我當時是不是很期待他對警察進行反擊。我說我什麼都不期待，另外我也不喜歡警察。雷蒙聽後心情大悅。他問我想不想和他出去溜達一下。我從床上爬起來，梳了梳頭。他說我必須做他的證人。就我而言，那自然是小事一樁，但我不清楚他想要我說些什麼。雷蒙說，我只需證明那個女孩冒犯他就行。我同意了這件事。

我們出門，雷蒙請我喝了一杯白蘭地。他想和我玩撞球，我差一點就贏了。他還想嫖妓，但我拒絕和他同去，我反感這些東西。我們於是慢慢地往回走，他為成功懲罰了自己的情婦感到十分快活。我發現他待我非常友善，不禁覺得那算是段美好的時光。

遠遠地，我留意到老薩拉馬諾站在門廊裡，看上去很沮喪。我們走近時，才發現他的狗並沒有跟他在一起。他四下打量，轉著圈，想在黑暗的走廊裡看出什麼來，他語無倫次地嘟噥著，小小的紅眼睛像在大街上挖掘著什麼。雷蒙問他發生了什麼事，他沒有立刻回答。我依稀聽得出他在低聲說：「下流胚子，爛東西」，又繼續焦躁不安。我問他狗去哪了，他急促地回答說牠跑掉了。突然之間，他滔滔不絕起來：「我像往常一樣帶牠去閱兵場。集市的攤販旁非常擠。我停下來看了一眼『手銬之王』。我準備離開時，牠就不見了。當然，我早就想給牠買個小一點的項圈。但我沒想到這個爛東西就這樣跑了。」

雷蒙說狗一定是迷了路，會自己找回來的。他舉別的狗的例子，說牠們如何跋涉十幾公里回家找主人。不過，老頭好像更沮喪，「他們一定是把牠從我身邊拖走，您知道的。要是有人收留牠就好了。但這不可能，誰見了牠的疥癬都會覺得噁心。警察準會把牠帶走。」我告訴他，他要做的就是去一趟流浪狗收容所，付點錢把牠帶回來。他問我會不會花很多錢。我不知道。他一下子怒不可遏：「為那個爛東西還要花錢！啊！牠可以去死了！」他開始詛咒那條狗。雷蒙大笑了起來，走進公寓樓。我跟著他進去，在樓梯平臺上我們道了別。過了一陣子，我聽見老頭的腳步聲，他敲了敲我的門。我把門打開，他靠在門邊站著：「對不起，對不起。」我請他進來坐，他拒絕了。他盯著自己的鞋尖，結痂的手抖個不停。他說話時把眼睛從我臉上移開：「告訴我，莫爾索先生，他們不會把牠從我身邊奪走，對不對？他們會把牠還給我吧。我以後可怎麼辦啊？」我跟他說，收容所會把狗保留三天，等主人來認領，過了期限就任由收容所處置。他默然地望著我。然後他說：「晚安。」他關上了他家的門，我聽見他在屋裡來來回回地踱步。他的床板咯吱作響。一陣奇異微弱的聲音從牆的另一邊傳來，我知道他在啜泣。不知道為什麼，我想到了媽媽。但我隔天得早起。我不餓，沒吃晚飯就直接睡下了。

V

雷蒙的電話直接打到我的辦公室，說他有個朋友（雷蒙跟他提過我）邀請我在他臨近阿爾及爾的濱海別墅裡共度禮拜天。我說我樂意之至，但那天我打算跟女友一起過。雷蒙馬上說她也在受邀之列。他朋友的妻子會欣然發現自己並不是這堆人裡唯一的女性。

我想趕緊掛掉電話，因為老闆不喜歡我們接城裡打來的電話。但雷蒙央求我稍候片刻，他說他本來可以晚上再轉達這份邀請，但他想提前跟我說些別的事情。他先前那個情婦的哥哥和他的一群阿拉伯朋友整天在跟蹤他。「如果今晚你回家時看見他在住家附近，就提醒我一聲。」我答應了他。

隔了一陣子，老闆叫我過去，一開始我有些懊惱，以為他肯定要說少打電話、多工作。但其實跟這完全沒關係。他說他想跟我討論一個還在醞釀中的計畫，他想聽聽我在這件事上的意見。他考慮在巴黎設立一個辦事處，便於直接和大公司接洽生意，他問我是否願意去那裡工作。這意味著我能住在巴黎，每年還有一段度假旅行的時間。「您還年輕，這看上去是您應該享受的生活。」我說是的，但就事論事，我覺得怎樣都好。然後他問我是不是對改變自己的人生並不感興趣，我回答說，人生不可能真正改變，實際上，每種人生的價值相差無幾，現在的生活我也毫不厭倦。他看上去頗為不悅，說我總是答非所問，說我胸無大志，這對事業來說簡直是災難性的。我回去接著工作。我覺得最好不要惹惱他，但我實在找不到改變生活的理由。仔細想想，我並沒有不幸福。我還是個學生的時候，一度對職業生涯懷有抱負。但當我不得不放棄學業時，我發現這種抱負壓根無

人生不可能真正改變，
每種人生的價值相差無幾。

關緊要。

那天晚上，瑪麗過來見我，問我想不想娶她。我回答說我無所謂，如果她想的話我們就可以結婚。她想知道我到底愛不愛她。我的回答跟之前一樣，我說那沒有任何意義，不過我確實不愛她。「那為什麼要娶我？」她問道。我解釋說無論怎樣都不重要，但只要她想要這麼做，我就可以娶她。何況這是她提出的請求，我很樂意接受。她覺得婚姻是一樁嚴肅的事情。「一點也不。」我回答。她一時無言，只是看著我。然後她開了口。她只是想知道，如果一個和我維持著相同關係的女人提出了相同的要求，我是否也會接受。「當然。」我說。她困惑於她到底愛不愛我，但我對此顯然一無所知。片刻的靜寂之後，她嘟囔說我是個怪人，這無疑是她愛我的緣由，但有朝一日她若覺得我可惡，想必也出於同樣的原因。我隻字未說，因為無話可說，她微笑著拉起我的手臂，宣布她願意嫁給我。我說她如果願意，隨時可以準備這件事。我跟她談到老闆的提議，瑪麗說她願意去了解巴黎。我說我曾在那裡生活過一段時間，她問我感覺如何。「很髒，」我回答道，「到處都是鴿子，院子黑漆漆的。那裡的人皮膚很白。」

然後我們出了門，在城市寬闊的大道上散步。街上的女人都很漂亮，我問瑪麗注意到沒有。瑪麗說她看見了，她很理解我的心思。有一會兒我們都沒出聲。但我希望她跟我待在一起，就問她能不能和我去瑟萊斯特餐廳吃飯。她很樂意，但已有別的安排。我們在我家附近道別。她把目光投向我：「難道你不想知道我要做什麼嗎？」我確實很想知道，但從沒想到去問她，為此她露出責備的神色。看到我侷促的樣子，她又笑了起來，把整個身子都靠在我懷裡，獻上她的吻。

我在瑟萊斯特那裡用晚餐。準備開動時，走進來一位怪裡怪氣的矮個子女人，問我能不能跟我同坐一桌。當然可以。她的姿態顯得敏捷而突兀，蘋果般的小圓臉上有一雙明亮的眼睛。她脫下夾克衫，坐下，急切地研究起菜單。她喚來瑟萊斯特，把她想要的菜品迅速點了一遍，聲調很急促但不失準確。等開胃小菜的間隙，她從包裡掏出一張小紙片和一枝鉛筆，提前算她要付多少錢，然後拿出錢袋，連小費在內，分毫不差地把錢擺在面前的桌上。開胃小菜上來了，她狼吞虎嚥地解決完畢。等下一道菜時，她又掏出一枝藍色鉛筆和一本預告本週廣播節目的雜誌。她仔細地在幾乎每個節目旁邊都打勾。雜誌有十來頁，她一絲不苟地工作持續整個用餐的過程。我差不多吃完了，她還在認真地做著標記。然後她站起來，以同樣精確的機械動作穿好夾克，離開。我無事可做，也起身離開，跟蹤她一陣子。她以令人難以置信的速度和篤定，踩著人行道的路緣石往前走，不偏不倚，頭也不回。她終於消失在我的視線之外，我轉身回家。我覺得她實在是個怪人，但很快就把她拋之腦後。

我發現老薩拉馬諾站在我家門前。我讓他進門，他說他的狗真的丟了，收容所裡也沒有。那裡的雇員說牠可能被輾死了。他問能否在警察局裡查個明白，但被告知這類事每天都會發生，他們也不會留存記錄。我建議老薩拉馬諾再養一條新的狗，但他有強烈的理由讓我相信，這條狗已經成了他的習慣。

我蹲坐在自己床上，薩拉馬諾則坐進桌前的一張椅子。他面朝著我，雙手擱在膝蓋上。他沒有拿下那頂老舊的毛氈帽。他的嘴在黃鬍子下面喃喃吐著零碎的句子。他讓我覺得有點無聊，但我沒什麼事可做，而且也不睏。為了說點什麼，我讓他講講狗的故事。他告訴我，他在妻子去世後養了這條狗。他歲數挺大的時候才結婚。年輕時他的夢想是從事戲劇，在軍隊服役期間，他就為軍人表演喜劇。但他最後卻調到鐵道上工作。他並不後悔，因為他現在有了一份退休金，雖然錢不多。他跟妻子相處得不算和睦，但總而言之，也已經習慣了跟她一起生活。妻子離開後他倍感孤獨。他就問車間裡的同事要了一條狗，那時牠還是隻幼犬。他得用奶瓶來餵牠。但狗的壽命畢竟沒法跟人相比，他們最終一起見證了彼此的衰老。「牠脾氣很壞，」薩拉馬諾告訴我，「我們時不時要爭吵幾句。但牠終究是一條好狗。」我稱讚牠的品種不錯，薩拉馬諾看上去挺高興。「而且，」他補充道，「您都不知道牠生病前是什麼樣子。那一身皮毛曾經是牠最美的部分。」狗患上皮膚病後，每天早晚薩拉馬諾都要為牠塗藥膏。但據薩拉馬諾說，牠真正的病根在於年老，而衰老是一種沒法治癒的病。

衰老
是一種沒法治癒的病。

這時我打起哈欠，老頭說他該走了。我說他可以繼續待著，我對他的狗遭遇的事情感到非常抱歉，他說謝謝。他還說我媽媽很喜愛那條狗。他提到她時，管她叫「您可憐的媽媽」。言外之意，媽媽去世後我一定非常傷心，但我沒接話。他以一種快速並且顯得有些尷尬的語調說，雖然他聽鄰居們說我很差勁，因為我把媽媽送進養老院，但他知道我是深愛媽媽的。我回答道——我現在也不清楚為何那樣回答——我一直沒意識到別人因為這件事批評我，但把媽媽送去養老院乃是情理之中，畢竟我還沒賺到足夠多的錢來雇人照顧她。「何況，」我補充道，「很長一段時間她跟我無話可說，她厭倦了一個人待著。」「是啊，」他說，「至少在養老院她還能交到朋友。」然後他說他得離開了。他想睡了。他的生活現在發生了變化，他並不清楚接下來該如何是好。從我認識他以來，他第一次畏畏縮縮地向我伸出手，我觸摸到他皮膚上的硬痂。臨走前，他朝我露出一絲笑容：「我希望所有狗今晚都不要叫。我總覺得那是我的狗在叫。」

VI

每到週日，起床就成了一件困難的事，瑪麗不得不喊我的名字將我搖醒。我們沒吃早餐，為了能早點去游泳。我渾身乏力，還有點頭痛。菸抽起來也比往常更苦澀。瑪麗取笑我的臉色，說我像剛參加完葬禮。她穿了一件白色的布裙，披著髮。我誇她很美，她開心地笑了。

下樓時我們敲了敲雷蒙的房門。雷蒙高聲說他馬上下樓。我本身已疲憊不堪，之前又一直待在百葉窗緊閉的室內，走到大街上，酷熱的太陽像在我臉上猛摑。瑪麗則很亢奮，不停地讚歎著好天氣。我感覺舒服了一點，隨即發現自己餓了。我把這些告訴瑪麗，她正忙著把她的包翻開給我看，裡面有我們的兩套泳裝和一條毛巾。唯一可做的事就是等待，然後，我們聽見雷蒙砰地關上家門。他穿了一條藍褲和白色的短袖衫。他還戴了一頂平頂硬邊草帽，逗得瑪麗笑出了聲。他前臂的皮膚被黑色體毛襯托得尤為白皙。我覺得有點噁心。他下樓時吹著口哨，看起來心情不錯。他招呼我說：「嘿，老哥」，他對瑪麗的稱呼則是「小姐」。

前一天我們去了警局，我作證說那個女孩「冒犯」了雷蒙。他被警告後隨即離開。沒人查證我的證詞真偽。我們和雷蒙先站在門外聊了一會兒這事，然後決定去坐公車。沙灘並不遠，但是坐公車更快。雷蒙認為我們早到的話，他的朋友會很高興。正準備動身時，雷蒙突然示意我看一眼街對面。一群阿拉伯人正斜倚在菸草店的櫥窗上。他們鴉雀無聲地盯著我們，但那是一種他們特有的鴉雀無聲，好像把我們當成了岩石或者枯樹。雷蒙似乎有點畏怯，說左起第二個傢伙就是他跟我說的那個人。但他又補充道，事情已經過去了。瑪麗不了解前因後果，問我們發生了什麼。我告訴她這群阿拉伯人和雷蒙有個人過節。她催我們馬上離開。雷蒙站起身來，笑著說，我們趕緊走人為妙。

我們朝遠處的公車站走去，雷蒙說那群阿拉伯人沒有跟上來。我轉過頭。他們待在原地，眼神冷漠地盯著我們剛剛離開的地方。我們上了車。雷蒙看上去完全卸掉了重負，不停地和瑪麗開玩笑。我感覺他被瑪麗迷住了，但瑪麗幾乎不回應他。偶爾，瑪麗只是看著他笑笑。

我們在阿爾及爾郊區下車。沙灘離車站不遠。但我們得先走過一個高於海面的小丘，它陡峭地通向沙灘。它被泛黃的岩石和白色阿福花覆蓋著，在湛藍的天空下特別醒目。瑪麗自得其樂地甩著她的防水布包，將花瓣一一打落。我們穿行在一排排帶有綠色或白色柵欄的小別墅中間，有些房子的遊廊被檉柳遮住，另一些則醒目地裸露在岩石間。還沒走到小丘的邊緣，我們就認出了平靜的海，更遠處，是一片巨大而荒蕪的懸崖直插在碧水間。一陣輕微的馬達噪音順著安靜的空氣盤旋而上，傳到我們耳朵裡。然後我們看見遠處有一艘小型的拖網漁船，緩緩地，在粼粼的海面上移動。瑪麗摘了一些長在岩縫間的小鳶尾花。沿著陡坡望向大海，我們看見有些人已經下水了。

雷蒙的朋友住在沙灘邊緣的一間度假小木屋裡。木屋背靠岩石而建，但是前面支撐房子的木樁已經沒入水中。雷蒙一一介紹了我們。他的朋友叫馬松。那傢伙很高，肩膀寬闊，他妻子身材豐滿，人很友善，帶著一股巴黎口音。他請我們不要拘束，說他們正忙著煎早上釣來的魚。我跟他讚美這座房子多麼漂亮。他說他每逢雙休日和假日就待在這裡。「我妻子很會跟人相處。」他接著說。果然，瑪麗正和他妻子有說有笑。那可能是我第一次意識到，我快要結婚了。

馬松想游泳，但他妻子和雷蒙不願意跟他去。於是我們就去了沙灘，瑪麗逕自跳進水裡。馬松和我等了一小會兒。馬松語調很慢，我注意到他有個習慣，談論每件事都要用「甚至，我想說的是」來結尾，即使從根本上說，他並未給他的句子補充什麼新資訊。比如談到瑪麗，他如是評價：「她棒極了，甚至，我想說的是，迷人。」稍後我對這個口頭禪失去了興趣，因為我忙著享受陽光美妙的照射。腳下的沙子開始發燙。我渴望下水，但還是克制了一小會兒，最後忍不住對馬松說：「我們下去吧？」我潛入水中。馬松慢慢走進去，直到水太深無法行走的區域，他才猛跳進水裡。他游的是蛙泳，水準相當差勁，於是我就甩下他去找瑪麗。水冷冷的，我游得很舒服。我和瑪麗愈游愈遠，我們不僅在動作上很協調，連那分愉悅也是節奏一致的。

我們游到開闊處，仰躺在水面浮著，面朝天空，陽光撥去了我臉上最後幾片水紗，它們紛紛流進我嘴裡。我們看見馬松回到了沙灘，躺著晒太陽。即使遠遠地觀察，他的身形也看起來很龐大。瑪麗想跟我一起游泳。我退到她身後，這樣就可以摟住她的腰。她用雙臂划水前進，而我透過蹬腿來輔助她。晨光中水花濺起的聲音一直陪伴著我們，直到我有些累了。然後我拋下瑪麗，以正常的姿勢游回來，換氣也順暢多了。到了海灘，我俯臥在離馬松不遠的地方，把整張臉埋在沙子裡。我告訴他「感覺很不錯」，他深表贊同。不到片刻，瑪麗也上了岸。我轉頭去看她朝我們走來。

她身上覆蓋了一層鹽水形成的膜，她把頭髮甩到了後面。她並排躺在我身邊，身體滾燙，再加上熾熱的驕陽，雙倍的熱量催得我有些昏昏欲睡。

瑪麗把我搖醒，說馬松已經回屋了，現在是午餐時間。我一下就直起身來，因為我餓了，但瑪麗說從早到現在我都還沒吻過她。千真萬確，但我並不想那麼做。「來玩水吧。」她說。我們就在淺淺的細浪裡追逐，浪花四濺。我們游了一會兒泳，她把身子架在我的身子上。我感覺到她的腿纏住了我的腿，我很想要她。

我們往回走的時候，馬松已經在叫我們了。我說餓極了，他立刻說他妻子喜歡我這人。麵包很美味，我狼吞虎嚥地吃掉了我的魚。我們又吃了一些肉和炸馬鈴薯，整個進食的過程是在無聲中進行的。馬松喝了不少酒，一直在給我斟酒。喝咖啡的時候，我感到頭很沉，然後又抽了不少菸。馬松、雷蒙和我商量著怎麼在沙灘上一起度過八月份，討論費用明細。瑪麗突然開口來了一句，「你們知道現在是幾點嗎？才十一點半。」我們都很吃驚，馬松說我們確實吃得很早，不過當你感覺餓了就去吃飯，是一件再自然不過的事情。我不明白為什麼這番話也能讓瑪麗開懷大笑。我想她一定是喝得有點過頭。馬松問我願不願意去沙灘上散會兒步。「我妻子愛在午飯後小睡，但我不喜歡這樣。我需要散步。我一直告訴她這樣的方式更加健康。但說到底，這還是她自己說了算。」瑪麗說她要幫馬松的妻子收拾桌子。嬌小的巴黎女人請我們男人離開，這樣她們才能方便清理。我們三個男人就走了出去。

陽光直刺刺地照在沙子上，它與海面輝映的光芒令人難以直視。沙灘現在空無一人。小丘邊緣，高出海面的那些小棚屋裡傳來杯盤叮噹的聲響。地面升騰起岩石的熱浪，讓人窒息。一開始雷蒙和馬松在談論一些我不知曉的人事。原來他們老早就相識，甚至一起住過一段時日。我們朝水裡走，沿著海面的邊緣。一陣又一陣、一次比一次更綿長的碎浪打濕了我們的帆布鞋。我頭腦空白一片，快睡著了，因為太陽直射在我毫無遮擋的頭頂。

就在那時，雷蒙朝馬松說了些我沒能聽清的話。但與此同時，我注意到沙灘另一頭，很遠處，兩個穿藍色鍋爐工作服的阿拉伯人正朝我們走來。我看了一眼雷蒙，他說「是他」。我們繼續往前走。馬松很好奇他們怎麼能一路跟蹤到此地，我突然想到他們準是看見我們帶著沙灘包上了公車，但我什麼也沒透露。

儘管阿拉伯人走得很慢，他們跟我們的距離已經大大縮短。我們以不變的步伐前行，可雷蒙說，「馬松，如果打起來的話，你去對付第二個人。我去解決惹我的那個。如果還有別人，莫爾索，就該你上場了。」我答應了，馬松把雙手插進口袋。滾燙的沙地好像變紅了。我們穩步走向阿拉伯人。我們的距離勻速縮短。幾步之遙的時候，阿拉伯人停下腳步。馬松和我也放緩步伐。雷蒙逕自走向他的對手。我聽不清雷蒙對他說了什麼，但阿拉伯人做了個表情，像是要給他一拳。雷蒙先動手，即刻喊了馬松過來。馬松奔向第二個人，使出渾身的勁狠揍了兩拳。那人臉朝下倒在水裡，有幾秒鐘沒動靜，細小的泡泡浮到水面，環繞著他的頭顱，一個個破裂。而雷蒙把另一個阿拉伯人打得滿臉是血。雷蒙轉身對我說：「看我怎麼收拾他。」我大喊：「小心，他帶了刀！」但瞬間，雷蒙的手臂已經挨了刀，嘴巴也被劃破。

馬松跳到他跟前。但倒下的那個阿拉伯人起身了，就站在持刀的那人身後。我們不敢動彈。他們慢慢地後退，盯著我們，拿著匕首和我們保持距離。當他們覺得距離足夠遠的時候，就飛快地逃之夭夭，而烈日之下的我們還像被釘在沙地上，雷蒙托著他滴血的手臂。

馬松說有個醫生每週日都來度假。雷蒙想直接去找他。每當他想開口說話，傷口湧出的血水就在他嘴裡聚集成一些泡沫。我們急忙扶著他回木屋。到家後，雷蒙說他的傷口很淺，他可以去找醫生。馬松陪他一起去，而我則留下來跟女士們解釋發生什麼事。馬松夫人哭了，瑪麗的臉煞白。跟她們解釋這些真是件煩人的事。最後我不再多說，望著大海點了一根菸。

差不多一點半的時候，雷蒙和馬松回來了。他手臂纏上了繃帶，嘴角也貼著膠布。醫生說並無大礙，但雷蒙看起來很消沉。馬松試著逗他開心。

但是他一直拒絕說話。他說要下樓去沙灘上走走的時候，我問他要去哪裡。他回答說要出去透透氣。馬松和我表示要陪他一起。然後他就勃然大怒，罵了我們一頓。馬松說最好別再惹他生氣，但我還是跟上去了。

我們沿著海灘走了很久。此刻的太陽很毒辣。沙子和海面上的陽光碎成無數碎片。我隱約覺得雷蒙知道自己在往哪裡走，但我完全錯了。在沙灘盡頭，我們走過一小泓泉水，它從岩石的背面流往沙地。兩個阿拉伯人就在那裡。他們躺著，身穿油膩膩的藍色工裝。他們看起來平靜、怡然。我們的到來也沒有影響他們。攻擊雷蒙的那個不動聲色地望著他。另一個則吹著一支小笛子，不停地重複演奏三個音符，用眼角的餘光瞥著我們。

此刻唯有陽光與寂靜同在，還有泉水輕柔的聲響和那三個音符。雷蒙握住手槍，但阿拉伯人並無什麼動靜，只是交換了眼神。我留意到吹笛子的那個把腳趾張得很開。雷蒙一直盯著他的敵人不放，問我：「我該殺了他嗎？」我想，如果說不，他準會一怒之下真的開槍。所以我只是說：「他一句話都沒跟你講，直接來一槍似乎不太合理。」在極度的陽光和寂靜中，細微的水聲和笛聲猶然在耳。雷蒙說：「那好，我要罵他一頓，他如果還嘴，我就一槍斃了他。」我答道：「行吧。但如果他沒掏刀子，你也不能開槍。」雷蒙聽了有點暴躁。吹笛人一直沒停下，他們倆都盯著雷蒙的一舉一動。「別這樣，」我對雷蒙說，「跟他們一個一個地幹，把槍丟給我。如果第二人來幫忙或者掏出刀子，我就開槍。」

雷蒙把槍遞給了我，陽光照得它錚亮無比。我們佇立不動，彷彿和周遭一切都切斷了聯繫。我們瞪著彼此，大海，沙礫，太陽，笛聲與水聲製造的雙重靜寂，一切靜止於此。一剎那我甚至覺得開不開槍都無所謂。但突然間，阿伯拉人開始後退，躲到岩石後面。我和雷蒙便也往回走了。雷蒙看起來好了不少，甚至談論起坐哪一趟公車回家。

我陪他一路走回海濱小屋，當他一級級登上木梯時，我卻停在第一個臺階前，太陽晒得我頭腦轟鳴，一想到要爬這麼多階梯，還要跟女人們交談，不免更加洩氣。但熱浪如此強大，像炫目的雨瀑，站在下面一動不動也沒法倖免。我繼續待在這裡和拔腿就走也沒什麼區別了。我停了一會兒，就轉身向海灘走去。

依舊是明晃晃的紅。窒息的大海急切地吐納著細浪，細浪漫上沙地。我朝岩石走去，烈日照得我前額腫痛不堪。熱浪重重地擊打著我，阻擋我前進。每當我感覺熱浪席捲我的臉，我就咬咬牙，握緊藏在褲子口袋裡的拳頭，使盡渾身之力去克服烈日和它傾瀉給我的晦澀不明的醉意。每當沙地裡一塊白貝殼或一片碎玻璃射出刺目的光，我的下顎就會繃緊。我走了很久很久。

遠遠地，大海的光暈之中，岩石昏暗的輪廓依稀可見。我想起石頭背後清涼的泉水。我渴望再次聽見泉水的低語，渴望躲開太陽、壓力和女人的眼淚，渴望再次在陰涼中休息。但當我走近時，我看到雷蒙的對手回來了。

他隻身一人。他面朝天躺著，雙手枕在脖頸下面，額頭陷入岩石投下的陰影中，整個身體暴露在陽光下。他的工作服被晒得微微冒煙。我略有些吃驚。就我而言，事情已經結束，我重返此地全然跟此事無關。

他一瞧見我，就微微抬起身體，手放進了口袋。我直覺地握住了上衣裡雷蒙的槍。然後他又躺下，但手還留在口袋裡。我離他還有一段距離，大約十公尺遠吧。我隱約看見，他兩片眼瞼之間半閉的眼睛時不時瞅著我。但大多數時刻，他的影像在我眼前、在燃燒的空氣裡跳舞。波浪的聲音比午間更慵懶和平靜。而太陽熱力不減，同樣的光照在一直延伸到我腳下的這同一片沙子上。太陽盤踞在頭頂有兩個小時之久，足足兩個小時，白晝在這片沸騰的金屬之海裡拋下了錨。一艘小小的蒸汽船出現在地平線上，我眼角的餘光瞥見那顆黑斑，因為我始終沒把目光從阿拉伯人身上移開。

我覺得自己要做的就是掉頭走開，一切都會結束。可是與太陽一起顫抖的整片海灘從背後推著我。我朝泉水走了幾步。阿拉伯人沒有動。他實際上離我還遠得很。可能因為臉在陰影裡半隱半現的緣故，他看上去像在大笑。我等著。灼人的驕陽刺傷了我的臉頰，汗滴聚集在我的眉毛上。我為媽媽送葬的那天，太陽也這麼大，那時我的額頭也被晒得疼痛，我能感覺到皮膚下的血管在同步跳動。我再也受不了這種灼燒，就往前挪了一步。我知道這很蠢，我知道不可能靠小小的一步就能擺脫掉太陽。但我挪了一步，僅僅那一步。而這一次，阿拉伯人沒起身就直接拔出了刀，在太陽下指著我。鋼質的刀身劃出一道光，像是刺入我前額的一柄亮閃閃的長劍。就在那一瞬，本來匯集在眉毛上的汗水突然流到眼瞼上，像覆蓋了一層溫暖而厚重的面紗。混合著鹽和淚的簾子擋住了我的視野。我只感覺到太陽像鐃一樣衝擊著前額，朦朧之間，從刀上反射出的利劍依舊在我眼前閃爍。它紅熱的刃撕開我的眼睫，刺向酸疼的眼睛。隨即一切都開始晃動。大海吼出一聲沉重而灼人的嘆息。天空的表面好像裂開了，火焰瓢潑而下。我的整個身軀繃緊，抽搐的手把槍握得更緊。扳機扣動了，我摸到槍托滑溜溜的肚子，而就在那裡，在一聲乾癟而震耳欲聾的響聲中，一切開始了。我一下就擺脫了汗水和烈日。我意識到自己摧毀了一種光的平衡，摧毀了曾使我歡愉的海濱那過剩的寂靜。我朝那具已失去生命的身體又連射四槍，子彈沉陷在體內，不著一絲痕跡。就好像我在厄運之門上快速地連敲四下。

就好像我在厄運之門上
快速地連敲四下。

La seconde partie

第二部

I

被捕之後，我隨即被審訊過好幾次。

但每次只涉及一些跟身分相關的問題，持續時間並不長。第一次進警局，似乎沒人對我的案子感興趣。八天之後，一位預審法官反倒好奇地打量著我。但他一開始只問了我的姓名、住址、職業、出生日期以及出生地。他想知道我是否選定了律師。我說還沒有，並問他，是不是必須要選一個。「您的意思是？」他問道。我回答說，我覺得這個案子相當簡單。他笑了笑：「這只是您的個人看法。但法律條文寫得明明白白。如果您沒有律師，我們會給您指派一個。」我表示，司法系統能照顧到這麼多細節，真是便利得很。他深表贊同，總結道：法律制定得非常完善。

剛開始，我並沒有把審訊當一回事。他在一間拉上窗簾的房間裡訊問我，他桌上僅有一盞檯燈，照亮他要求我坐上的那把扶手椅，而他自己卻隱沒在黑暗中。我曾在書中讀到過這種場景，對我來說這完全就像個遊戲。談話結束後，我才真正打量起他：我清楚看見一名瘦削的男人，眼睛深藍，蓄著不短的灰鬍鬚，一頭幾乎全白且濃密的頭髮。除了嘴角偶有幾下不自主的痙攣，他給人的印象還算通情達理，實際上相當和藹。我離開之際，甚至準備伸手與他相握，但就在那時，我想起自己殺了人。

翌日，一名律師來監獄探訪我。他是個圓滾滾的小個子，相當年輕，頭髮梳得很精心。他不顧炎熱（我只穿了長袖襯衣），穿著深色西裝、燕子領襯衫，打了一條古怪的黑白寬條紋領帶。他把夾在臂彎下的公事包放在我的床上，做了自我介紹，說他已研究過我的卷宗。我的案子非常棘手，而他卻確信我們會贏——只要我信得過他。我謝過他之後，他說：「我們來談正事吧。」

被捕之後，

我隨即被審訊過好幾次。

他坐在床上，解釋說他們已獲得一些關於我私生活的資訊。他們發現我母親最近在一家養老院逝世了。所以他們在馬倫戈做了調查。預審法官了解到我在媽媽的葬禮上「無動於衷」。「您應該明白，」律師說道，「問您這個問題其實讓我很為難。但這極為重要。如果我不能妥善反駁的話，它將是指控您的一個重要論據。」他想讓我配合他。他問我那天是不是很難捱。這個問題相當令人震驚，我在想，假如換作我來提這個問題，該是多麼尷尬。但我還是回答說我已經放棄了自我反思的習慣，這很難解釋得清。我無疑深愛著媽媽，但那並不能說明什麼，每個正常人或多或少都會希望他們所愛之人死去。說到這裡，律師打斷了我，他看起來很激動。他讓我保證在法庭上、在預審法官面前都不要這麼說。但我解釋說，我的身體官能常常干擾情緒，這是我天性使然。媽媽葬禮那天，我疲勞至極，昏昏欲睡，確實意識不到發生了什麼。但我可以確定地說，比起死亡，我寧可讓媽媽活著。然而，律師對此並不滿意。「這樣的說詞還不夠。」他說。

他思考了片刻。他問我，可不可以這樣說：那天我在竭力抑制自己的情緒。我回答道：「不可以，因為那不是真的。」他奇怪地看著我，好像被我噁心到了。他幾乎略帶著惡意地跟我說，無論如何，養老院的人員都是目擊證人，「對我來說情況可能會相當險惡」。我指出此事與我的案子毫無關係，而他只是簡短地回答說：我顯然沒跟司法系統打過交道。

他怒氣沖沖地走了。我本想把他請回來，向他解釋說我想得到他的同情。倒不是為了讓他更好地替我辯護，而是——如果可以這樣說的話——更自然地為我辯護。我尤其留意到，我使他感到不自在。他不理解我，對我還有幾分憎惡。我很希望告訴他，我和其他人沒有區別，完完全全沒有兩樣。不過，歸根結柢，再糾結於此也毫無用處，而且我討厭麻煩事，自然就不去想了。

晚些時候，我再度被送去審訊。那是下午兩點，預審法官的辦公室被陽光填滿，薄薄的窗簾幾乎遮不住什麼。而且熱極了。他請我坐下，用一種彬彬有禮的語調告知我，「由於一些不可預見的情況」，我的律師沒能到場。但我有權對他提的問題保持緘默，直到我的律師能陪在我身邊。我說我能獨自作答。他按了按他桌上的鈴。一個年輕的書記官走進來，在我身後坐下。

我們倆都端坐在扶手椅上。問訊開始了。他首先評價我是一個沉默寡言、相當自閉的人，他想知道我對此有何看法。我答道：「那是因為我沒什麼可說的，所以我選擇閉嘴。」他像上一回那樣保持微笑，同意這是最佳的理由。「更何況，」他加了一句，「這無關緊要。」沉默了一陣，他突然盯著我，直起身子，用很快的語速說：「我真正感興趣的，是您。」我不太明白他的意思，就沒應聲。「您有一些行為，」他繼續說，「讓我感到困惑。我敢肯定您能幫我解除心頭的疑問。」我說這再簡單不過了。他要我把那天的情況重述一遍。我就把早先對他講過的那些事又進行複述：關於雷蒙，海灘，游泳，爭執，再是海灘，泉水，陽光和我開的五槍。說完每句話，他都要附和一句：「好，好。」當我說到那具躺倒的屍體時，他表示認可：「行了。」我就這樣滿心厭煩地重複了一遍相同的故事，我感覺這輩子都沒說過這麼多話。

沉默片刻，他站起來，說他很樂意幫助我，說我讓他很感興趣，看在上帝的分上，他會幫我擺脫困局。不過，在此之前，他想再提一些問題。他逕自問我，我是否愛我媽媽。「是的，」我答道，「就像所有人那樣。」我身後的書記官一直以平穩的節奏打字，說到這裡，準是按錯了鍵，因為他似乎很窘迫，並且將紙架推了回去。然後，依然毫無邏輯地，預審法官問我是不是連開了五槍。我想了片刻，解釋說其實我先開一槍，隔了幾秒，才開了另外四槍。於是他說：「為什麼第一槍和第二槍之間您停了一下？」再一次，我彷彿又看見紅色的海灘，感到陽光在我額頭上灼燒。但這一次我沒回答。在持續的沉默中，審訊官坐立不安。他坐下，用手指撥弄頭髮，把手肘架在桌上，帶著一種奇怪的表情朝我微微俯下身：「為什麼，為什麼您要持續射擊一具倒在地上的屍體？」再一次，我不知如何回答。審訊官用手扶了一下額頭，以略微變調的聲音重複著那個問題：「為什麼？您必須告訴我。為什麼？」我仍舊一言不發。

他突然站起來，走到辦公室另一頭，拉開檔案櫃的抽屜。他從裡面拿出一個帶耶穌像的銀質十字架，在空中揮舞著回到我身旁。他的聲音完全變調了，幾乎是在顫抖，他吼道：「您知道這是誰嗎？」「當然知道。」我說。他開始滔滔不絕地以激動的語調說，他信上帝，他相信即使最惡劣的罪人都能取得祂的寬恕，但這個人必須得懺悔，必須像個小孩子一樣心地天真，願意接納一切。他整個身子都俯在桌面上。他幾乎是在我眼前揮舞著他的十字架。說真的，我有點跟不上他的說教，一方面，我太熱了，大蒼蠅又時不時停在我臉上，另一方面，他把我弄得有點驚恐。我發覺這有點滑稽，因為說到底，我才是那個有罪的人。但他還在繼續。我有點聽懂了，他是覺得我的供詞裡唯一亟需澄清的疑點是，為何我在開第二槍之前等了幾秒。其餘的陳述非常好，唯獨那一點讓他費解。

我對他講，沒必要就此大做文章：它當真無足輕重。他打斷了我，對我進行最後的勸諭，然後筆直地站起，問我是否信仰上帝。我說「不信」。他憤憤地坐倒在椅子上。他說那不可能，所有人都信上帝，甚至那些拒絕祂的人也是如此。他對此確信無疑，假如稍有懷疑，他的人生就會喪失一切意義。「您難道想要我的人生失去意義？」他吼道。在我看來，這件事跟我無關，我這般如實地解釋了。但他隔著桌子把基督舉在我眼前，失去理智地大喊：「我，我是個基督徒。我祈求祂寬恕你的罪行。你怎能不信祂在替你受難？」我注意到他開始用「你」來稱呼我，但我已經受夠了。房間變得愈來愈熱。跟往常一樣，我想擺脫這段我不再想進行的對話，於是就假意附和。讓我始料未及的是，他得意起來：「你瞧瞧，你瞧瞧，現在你不也打算全心全意地信祂了嗎？」當然，我又說了一遍「不信」。他癱回了自己的椅子上。

他看上去十分疲憊。他陷入了沉默，而始終伴隨我們交談的打字機的響聲，又在沉默中延續了幾聲。然後，他凝視著我，神情有些悲傷。「我此生從未見過您這般頑固不化的靈魂，」他嘟噥著，「所有來我這裡的犯人，一看見我們主受難的樣子都會流淚。」我本打算回答說，那合情合理，因為他們都是罪犯。旋即我又意識到自己跟他們是同類。這想法真有點讓人彆扭。預審法官於是站了起來，大概意味著談話已經結束。他用同樣倦怠的語調問我最後一個問題：我後悔自己的所作所為嗎？我稍微想了一下，然後說，與其說後悔不如說是感到一種無聊。我覺得他似乎沒理解我的話。但那天的事到此就結束了。

我後來多次面見預審法官。但每次都有律師陪著我。審訊內容僅限於要求我具體講講之前陳詞中的個別細節，或者就是法官和律師討論究竟以何種罪名控告我。事實上，討論這些事的時候他們從不在意我。漸漸地，審訊的語調也變了。預審法官看上去已經對我喪失了興趣，對我的案子有所定論。他沒有再提起上帝，也沒有表現出第一天那樣的激動。結果就是我們的談話變得親切了。問幾個問題，再跟律師簡單交換一下意見，審訊就算結束了。如他所言，我的案子按部就班。有時候，如果談話走的是一般性的流程，審訊官和律師也會鼓勵我參與其中。我開始放鬆地呼吸。沒人對我表示出一丁點敵意。一切進行得如此順利，如此規律，如此有分寸，我竟產生了一種成為「家庭一員」的荒唐印象。老實說，審訊持續的十一個月快要結束時，當預審法官偶爾送我到牢房門口，拍拍我的肩，以友善的口吻說：「好了，反基督先生，今天到此為止。」此時，我驚訝地發現沒什麼比這些難得的瞬間更令人愉悅的了。此後我就被移交到了憲兵手裡。

與其說後悔不如說是感到一種無聊。

II

有些事情我永遠都不想談論。在監獄待了一陣子後，我認定，自己不會願意去談論生命中的這段日子。

但後來，我漸漸察覺到這分厭惡倒也沒那麼要緊。實際上，起初我還意識不到自己在監獄裡，總是隱約地希望事情有所轉機。自從瑪麗的第一次也是最後一次來訪，情況就變了。她的信寄到我手裡的那天起（她說他們不准她再來探望了，因為她不是我的妻子），我便明白這牢房是我最後的家，我的生命將停止在那裡。我被捕當天，他們把我跟其他幾個囚犯關在一處，他們多數是阿拉伯人。他們衝我咧嘴笑，然後又問我犯了什麼事。我說我殺了一個阿拉伯人，他們一下子沉默了。但沒過多久天就黑了。他們教我怎麼鋪好用來睡覺的席子。把一頭捲起來，弄成長枕墊的形狀。整個晚上，臭蟲一直往我臉上爬。過了些時日，我被帶進自己的牢房，一張木板床便是我睡覺的地方。其餘的家具僅剩一只便桶、一個鐵製臉盆。監獄俯瞰著整座城市，透過小窗我能看見大海。那天，我緊貼在窗戶欄杆上，拚命想把頭伸到陽光下面，這時一個獄卒進來說我有一名女訪客。我想準是瑪麗。果然是她。

去接見室的路上，我被帶到一條長長的走道裡，上一段樓梯，最後又是另一條走廊。一扇大窗把寬敞的房間照得很亮，它被隔成三個被高高的鐵柵欄橫向圍起來的小房間。兩道鐵柵欄之間約有八到十公尺的間距，囚犯和訪客們遙遙望著。我正對面就是瑪麗，我認出她的條紋連衣裙和棕褐色的臉。我這一側差不多有十來個犯人，阿拉伯人居多。瑪麗那邊則擠滿了摩爾人，她被夾在兩個女人中間，一邊是嘴唇緊緊抿著、一身素黑的老女人，另一邊則是個披著頭髮的胖子，說話聲很響，還不停比劃著手勢。

監獄俯瞰著整座城市，
透過小窗我能看見大海。

鐵柵欄將訪客和犯人之間隔開得太遠，兩頭喊話都必須抬高音量。我走進房間時，光禿禿的牆面回彈著聲浪，刺眼的陽光照到窗上又四濺在屋裡，讓我一陣暈眩。習慣了牢房的陰暗與安靜，我花好幾秒鐘來適應新的環境。不過我漸漸看清楚每張臉龐，像是被聚光燈照著般。我注意到鐵柵欄間的走廊上，兩頭各坐著一名獄卒。阿拉伯囚犯和他們的訪客面對面蹲坐在地上。他們沒有高聲喧譁。雖然周遭吵得很，他們卻能用很低的聲音讓對方聽見。他們低沉的絮語升上空中，盤桓在他們頭頂，形成了與交錯的話語呼應的低聲部。這一切都是我走向瑪麗時觀察到的。她的臉已經緊貼在柵欄上，她努力衝我微笑。我覺得她漂亮極了，卻不知道這事該怎麼提起。

「還好嗎？」她高聲問道。「還好。」「你看起來不錯，需要的東西這裡都有嗎？」「都有。」

我們陷入了沉默，瑪麗一直在微笑。胖女人朝我身旁的犯人大喊大叫，那無疑是她丈夫，高個，金髮，眼神看起來很老實。他們繼續交談。

「珍妮不要他了。」她聲嘶力竭。「好，好。」男人說。「我告訴過她，你出來的時候就會接他回來，但她聽不進去。」

瑪麗高聲轉達了雷蒙的問候，我說：「謝謝。」但我的聲音立刻被旁邊的人蓋過去，他在問：「他身體還好嗎？」胖女人笑著說：「好得很！」而我左側的犯人，一個瘦瘦的、雙手纖細的年輕男子，卻一言不發。我注意到他盯著對面的小個子老太太，而她也以某種強烈的熱情回望他。但我不得不停止觀察他們，因為瑪麗在大聲說千萬不能失去希望。「好。」我回應道。我看著她的肩膀，想透過她薄薄的衣裙捏一捏。它細膩的質地令人著迷，我一時竟不知道除此之外還能對什麼抱有希望。瑪麗肯定和我有同樣的念頭，因為她一直在微笑。我眼裡全是她牙齒閃耀的白光，以及她眼周的細紋。她又開始大聲喊：「等你出來，我們就可以結婚了！」我說：「妳真這麼想嗎？」其實只為了說點什麼。然後她很快地、依然很大聲地說真是這麼想的，我會被無罪釋放，就能一起去游泳了。但她旁邊的女人還在嚷嚷，說自己在監獄辦公室給丈夫留了一籃子東西。她把裡面的清單

一一列出，叮囑他要仔細核對，因為花費不菲。另一側的年輕人和他母親依然相視無言。阿拉伯人的耳語聲仍在低空嗡嗡作響。外面，膨脹的陽光像是在擠壓窗子。

我有點不舒服，想逃離這裡。噪音已經讓我難受。但另一方面，我又不願白白浪費掉瑪麗陪我的機會。我不知道時間過去了多久。瑪麗一直在跟我談論她的工作，臉上一成不變地掛著微笑。低語、喊叫、談話統統混在一起了。唯一安靜的綠洲就在我身旁：年輕小夥子和老太太無聲地凝視著對方的眼睛。阿拉伯人被一個接一個地帶走了。第一個人離開時，幾乎所有人都鴉雀無聲。小個子老太太往柵欄邊靠了靠，與此同時，獄卒跟她兒子示意該走了。「再見，媽媽。」他說。她的手從兩根柵欄間伸出，做出緩慢而延遲的告別的手勢。

她前腳剛走，後腳就有個拿著帽子的男人取代了她的位置。新的犯人被帶到我旁邊，他們倆開始熱烈地交談起來，但聲音不高，因為房間重歸於安靜。我右邊的男人被叫走了，他妻子對著他大喊，好像不明白根本用不著喊——「照顧好自己，別魯莽！」下一個離開的是我。瑪麗做了一個吻我的動作。往回走的時候我扭頭看了她一眼：她沒有動，她的臉仍然貼在柵欄上，無所適從又顯得很緊張的微笑依然留在臉上。

我不久就收到了一封她的信。有很多我一輩子都不想談論的事，就是從那時開始的。無論如何，我不想誇大任何事實，畢竟我比其他人犯的罪還更少一點。入獄的頭幾天裡，最難過的一關是我還有自由人的想法。比如我總是沉溺於去沙灘游泳的幻想。想像著腳下輕柔的細浪，水漫過全身的感覺，我在想像中體會到的釋放感，反過來殘忍地映襯出這四面牆圍成的空間多麼狹窄。但這種想法只持續了幾個月。後來就是徹徹底底的囚徒思維了。我期待著每天去院子裡放風，或是有律師來訪。其餘的時光我都安排得很合理。我常常想，就算被命令生活在枯樹幹裡，除了看頭頂的雲彩就無事可做，想必我也能漸漸適應的。我將期待著鳥的飛臨和流雲的際會，就像在這裡期待著律師那條古怪的領帶，就像在另一個時空裡，我盼望等到星期六能緊緊摟住瑪麗的身體。不過，仔細想想，我並沒有生活在一棵枯樹裡。比我更糟的人多的是。對了，媽媽經常重複一個觀點，人最終會適應一切。

其實我通常不會考慮這麼多。前幾個月很難熬，但我只能付出必需的努力去克服。比方說，對女人的欲望把我折磨得不輕。照我這個年紀，這事再正常不過。我從沒特定地想起過瑪麗。但我如此焦渴地想起一個女人，想起女人們，想起我認得的所有女人，我想的是我跟她們相愛的一幕幕場景。結果，小小牢房裡充斥著她們的面孔和我欲望的幽靈。一方面，這讓我精神上飽受痛苦；另一方面，也有助於消磨時間。我漸漸贏得了獄卒長的同情，每到用餐時間，他就跟廚房小夥子一起過來。首先是他開啟女人這個話題。他告訴我，關在這裡的男人抱怨最多的就是這事。我說我感同身受，覺得此種待遇極不公平。「但是，」他說，「這恰恰是我們把你們關在這裡的原因。」「什麼？為什麼？」「自由，」他說，「就是自由。你們的自由被剝奪了。」我從未考慮到這一層。我讚許地說：「的確，不然懲罰從何而來呢。」「是的，您腦袋很靈光。只有您。其他人不行。

不過他們依靠自己的手，最終也能把問題解決。」他說完就離開了。

沒菸抽也是一種考驗。剛關進監獄時，他們沒收了我的皮帶、鞋帶、領帶和口袋裡的一切東西，尤其是我的香菸。搬到單人牢房時，我問他們討要。但他們說這裡禁菸。頭幾天真是極其難受。那可能是對我打擊最大的一件事。我甚至吮吸從木板床揪下的細屑作為替代品。一天到晚，我每時每刻都想吐。真弄不懂，吸菸明明不會傷害任何人，為什麼卻要剝奪這個權利？直到後來我才領會其中深意，這也是懲罰的一部分。不過就在醒悟的那一刻，我已經習慣不吸菸，它便再也算不上懲罰了。

除去這些煩心事，我也並沒有特別慘。全部的問題依然在於——我再說一次——如何消磨時間。我最終學會透過鍛鍊記憶來擺脫無聊。有時我練習的對象從自己房間開始，我在想像中從一個角落出發，在心裡一個一個地檢索我一路上碰到的物件。最初，很快就能數完一遍。但每當我重複一遍，耗時就會增加一點。因為我先是回憶起每件家具，然後回憶每件家具上擺的每個物品，然後是每個物件的局部，然後再進一步，每個局部的

媽媽經常重複一個觀點，
人最終會適應一切。

細枝末節，諸如凹痕、鏽跡、邊緣的缺口，還有顏色和肌理。與此同時，我要求自己牢記清單從頭至尾的順序，不遺漏任何一項。幾個星期後，我純粹靠羅列房間裡的東西就能打發好幾個小時。如此反覆，思考得愈頻繁，就有愈多被遺忘或忽略的東西從記憶中湧現。我由此推論，在外面活一天，就能輕輕鬆鬆在監獄裡活上一百年。他記憶的儲備糧足以使他免於無聊。某種程度上，這也是一項好處。

再者，睡覺也能打發時間。起初我夜裡睡得很不安穩，白天則從不睡覺。後來夜裡的睡眠品質漸漸好轉，白天也能略小睡片刻。我敢說，最後那幾個月，我一天要睡十六到十八個小時。此外只剩六個小時可供消磨，都花在吃飯、解決生理需求、練習記憶、回味捷克人的故事這些事情上面。

我在草席和床板之間發現一張報紙殘片，幾乎黏在褥布上，泛黃，透明。敘述的是一則社會新聞，開頭已經缺漏，但猜得出發生在捷克斯洛伐克境內。一個男人離開他的捷克村莊去謀生。二十五年後，他發了財，終於攜同妻兒衣錦還鄉。他母親和姊姊那時在村裡經營一家旅館。他決定給她們一個驚喜，便將妻子孩子安置在另一家旅館，自己逕自去了母親那裡，母親卻沒認出他。為了逗逗她們，他臨時起意訂了一間房，還炫耀了自己身上的錢財。入夜，她們用鍾子謀殺了他，劫走錢，又將屍體拋進河裡。翌日早晨，他妻子來尋他，不明就裡地報出了客人的真實身分。他媽媽因此上吊，姊姊則投了井。這則故事我反反覆覆讀了上千遍。某種程度上它很離奇。但另一方面，也合情合理。不管怎麼說，在我看來，這男人有點咎由自取，他不該開這種玩笑。

幾個小時的瞌睡、回憶、閱讀新聞、晝夜切換，時間就這樣流逝了。我曾在書上了解到，監獄裡待久了就會失去時間意識。但這對我來說不算什麼。我此前就弄不懂，到底在何種程度上，日子既是短的也是長的。當然了，日子過起來就長到難捱，但未免太長了，一日與另一日的邊界甚至消失了。因此也失掉了各自的名稱。在我眼裡，只有「昨天」、「明天」這種字眼還有些意義。

某天早上，獄卒說我關在這裡五個月了，我相信，但不理解。就我而言，無非是同一個白晝不斷湧進我的牢房，而我竭力去完成的也是同一個任務。那天獄卒離開後，我端詳著鐵飯盒裡映出的自己的臉。我的表情似乎一直那麼嚴肅，哪怕我試圖擠出微笑也依然如此。我變換著角度。我微笑，但反射出的始終是那副嚴厲、悲傷的神情。落日時分到了，這是我最不想說話的時候，我稱之為「無名時刻」，傍晚的聲響從監獄各層樓裡升起，最終匯入寂靜的行列中。我走近天窗，在最後一縷餘暉中又看了看飯盒裡的臉。它依舊嚴肅，既然那一刻我確實很嚴肅，又有什麼值得驚訝的呢？但就在此時，我聽到了數月以來從沒聽見的東西：我清晰地聽到了自己的嗓音。我認出那個在我耳畔鳴響了許多天的聲音，我突然明白，我一直在跟自己說話。我回憶起媽媽葬禮上護士講的話。不，無路可逃，沒人能想像得到獄中的夜晚是怎樣的。

III

可以說，兩個夏天簡直是接踵而來。隨著天氣一天天熱起來，我知道有些新情況在等著我。我的案子將在巡迴法庭的最後一輪進行審理，六月份就會有個了結。審判當天陽光很燦爛。律師向我保證審理最多持續兩至三天。「而且，」他補充道，「法庭會快速處理的，畢竟這不是至關重要的大案。您後面緊接著還有一樁弒親案等著他們呢。」

早上七點半，一輛押送犯人的車把我帶到法庭。兩名憲兵帶我進入一間有些陰暗的小屋。我們坐在一扇門旁等著，透過那扇門可以聽見各種說話聲、喊聲、

被告遭到指控，到底是因為他替母親送葬，
還是因為他殺了人？

椅子刮過地面的聲音。一陣陣喧譁讓我回憶起小鎮上音樂會一結束，大廳就被清空用來跳舞的場面。憲兵說法官還沒到，其中一個遞來一根香菸，被我拒絕了。他湊過來問我「是不是有點怯場」。我說沒有。在某種意義上，親歷審判現場甚至很吸引我。我一生都未曾有幸參與其中。「是啊，」另一個憲兵說，「但審到最後挺累人的。」

過了片刻，房間裡的小電鈴就響了。他們解開我的手銬。他們推開門，把我引向被告席。法庭上人聲鼎沸。百葉窗雖然拉下了，光還是從縫隙裡透過來，空氣熱得令人窒息。窗戶一直緊閉著。我坐下，警察們站在我兩側。就在此刻，我注意到我對面有一排臉。他們盯著我看，我猜那就是陪審團了。但我很難把他們當作單獨的個體來看待。我唯一的感覺是，就像上了一輛有軌電車，對面長凳上坐滿了不知名的乘客，他們打量著剛上車的你，指望在你身上發現可供取樂的東西。當然，我知道這種類比荒謬得很，畢竟這群人要在我身上尋找的不是什麼笑話，而是罪證。不過兩者差異不大，反正這是我真實的想法。

黑壓壓的人群讓我有點頭昏。我環視了一圈法庭，並沒有熟悉的面孔。一開始我簡直不敢相信有這麼多人趕來旁聽我的庭審。通常沒人會注意到我。我費了好大的勁才明白過來，我就是這場騷動的起因。「人真多啊！」我對憲兵如是說。他解釋說這缘於各家報紙的報導，然後指著站在陪審席下方那張桌子旁的一群人：「就是他們。」「誰？」我問。「記者。」他重複了一遍。他還跟其中一名記者相熟，後者正巧看見他，就朝我們走過來。這位上了年紀的先生風度宜人，臉長得有點奇怪。他很熱情地跟憲兵握握手。就在那時，我發覺法庭裡的所有人都彼此相識，他們互相寒暄，交頭接耳，就像在俱樂部裡，一群趣味相仿的人聚在一起其樂融融。這也解釋了我覺得自己尷尬多餘的那種古怪印象，我彷彿一位不速之客。不過，記者跟我說話時帶著微笑。他希望我能一切順利。我對他表示感謝，旋即他補充道：「您知道嗎？您的案子我們追蹤得很勤。夏天對記者來說是淡季，除了您的案子和那樁弒親案外，沒什麼好寫的。」然後他讓我把視線轉移到他剛離開的那群記者中，一個矮胖的、戴著巨大的黑框圓眼鏡的傢伙，很像一隻發福的鼬鼠。他說那是一家巴黎日報派來的特約通訊記者：「其實他並不是為您而來。他是過來旁聽弒親案的，但是報社要求他連您的案子一起報導。」我差點又要跟他說謝謝了。不過，這樣似乎有點蠢。他友善地朝我揮了揮手便離開了。我們又等了幾分鐘。

我的律師穿著罩袍，跟他的同事們一起走進來。他走向記者席和那些人握手。他們聚在一起有說有笑，像在家裡一樣自在，直到刺耳的鈴聲迴盪在法庭上空，所有人才各就其位。律師走向我，跟我握手，建議我盡量簡短地回答所有問題，不要主動提供資訊，其餘的靠他就行了。

我左邊傳來一陣拖動椅子的聲響，一個瘦高、戴著夾鼻眼鏡的男人入席，忙著整理他的紅色長袍。我猜這位便是檢察官了。一個執達員宣布即將開庭。在同一瞬間，兩臺大吊扇也開始嗡嗡作響。三位法官，兩個身著黑色，另一個身著紅色，帶著卷宗迅速地走上了離地好幾尺的高臺。紅袍男子占據了中間那張高背椅，將高帽置於桌上，用手帕擦了擦他的小禿頭，宣布公開審理現在開始。

記者們手裡已經握好鋼筆。他們的神情透露出些許不懷好意的冷淡。但其中一人把筆擱在一邊，目不轉睛地望著我。他比同事們要年輕得多，衣服是灰色法蘭絨料，配一條藍領帶。他的臉略有點歪，吸引我的卻是那雙明亮的眼睛，它們專注於審視我，並未表示出任何確切的情緒。我生出一種奇怪的感覺，就像我正被自己細細打量。或許正因為此，或許因為我不熟悉庭審的流程，接下來發生的一切我都不太理解：陪審團抽籤，庭長依次向律師、檢察官、陪審團提問（每次提問，所有陪審團成員都一起對著法官席搖頭），起訴書被匆匆宣讀一遍（我聽到一些熟悉的人名和地名），然後，又對我的律師提了一些補充性問題。

庭長宣布請目擊證人入庭。執達員念出的某些名字讓我心裡一驚。我看到他們一個接一個地從剛才亂糟糟的人群中起身，然後在側門消失了：養老院院長和看門人，老托馬・佩雷，雷蒙，馬松，薩拉馬諾以及瑪麗。瑪麗朝我怯生生地揮了揮手。我還沒走出震驚的情緒，為什麼我此前一點都沒注意到他們。就在那時，我聽到最後一個名字：瑟萊斯特。他站起來的時候，我發現他身旁就是和我一同在飯店用餐的矮女人，她穿著夾克，散發著銳利而凜冽的氣場。她密切地注視著我。但我沒時間去多想，因為庭長又開始說話了。他說真正的論辯環節即將開始，想必不消他提醒，諸位也知道要保持肅靜。他說自己的職責是不偏不倚地引導論辯進程，他希望能以客觀的態度來對待這件案子。陪審團的裁決意見也必須秉承正義精神，在任何情況下，哪怕有一點點騷亂他都會進行清場。

氣溫在升高，房間裡的助理們開始拿報紙當扇子搧。報紙的沙沙聲不絕於耳。執達員在首席法官的暗示下拿來三只草編的扇子，三名法官立刻就用上了。

對我的訊問馬上開始了。庭長很冷靜地對我進行詢問，我甚至覺得帶有某種友善的情緒。他又讓我報告了一遍自己的身分，雖然令人惱火，但我也明白這再正常不過，畢竟，假如審錯了人，後果不堪設想。隨後，庭長開始一一敘述我的行徑，每說兩三句就要停下來問我：「是否無誤？」我每次都回答：「無誤，先生。」這是律師教導過我的。整個過程漫漫無期，庭長的敘事占了很長時間。記者們則一直在記錄。我能感受到那個年輕記者和矮女人投來的目光。坐在「電車長凳」上的陪審員們都扭頭望著庭長。此刻他輕咳了一聲，翻看著卷宗，一邊搧扇子，一邊又轉向我這邊。

他說現在要問我一些看起來不著邊際、但其實跟案子關聯極大的問題。我猜他要談的是媽媽的事，頓時厭煩起來。他問我為什麼要把媽媽送去養老院。我說為了她能得到看護和照料。然後他問，我和媽媽分開是不是在感情上不能接受的。我回答說，我和媽媽對我們彼此，或者說對任何人，都沒抱什麼指望，所以我們倆都很快適應了各自的新生活。庭長說他不想就這個問題繼續糾纏，他問檢察官有無其他問題要提。

檢察官側對著我，眼睛也沒看向我，他說經庭長授權，他想問我，獨自走回泉水時有沒有殺害那個阿拉伯人的意圖。我回答「沒有」。「那您為什麼會帶著武器，又為何恰好走回了那裡？」我說純粹出於偶然。檢察官用一種帶有惡意的語調說：「先到這裡吧。」後續的進程並不清楚，至少，我不清楚。短暫交換意見後，庭長宣布休庭，下午重新開庭，屆時將聽取證人的證詞。

我還沒弄清狀況，就被押送車運回去，我在監獄用了午餐。過了一小會兒，我剛開始感到有點疲倦，他們就過來接我了。我回到同樣的地點，面對同樣的臉，一切從頭再來。唯一的變化是炎熱愈演愈烈，而且，猶如奇蹟降臨，陪審團成員、檢察官、我的律師甚至一部分記者，全都用上了草編的扇子。那位年輕記者和矮個子女人依然在那裡。不過他們沒有扇子，依舊嚴肅地盯著我。

我擦了擦臉上的汗，漸漸能意識到自己在哪裡、在做什麼，這時我聽見養老院院長被傳喚到證人席上。當他被問及我媽媽是否抱怨過我，他回答說是的，並補充道，幾乎所有住在養老院的人都有抱怨自己親人的癖好。庭長要求他具體說說，她是否責備我把她送到養老院，院長又回答「是的」，但這一次沒多說什麼。回答另一個問題時，他說葬禮那天我的冷靜讓人吃驚。他被要求解釋「冷靜」具體指什麼意思。他盯著自己的鞋尖，說我連媽媽的遺體都不想看一眼，也沒流過一滴眼淚，葬禮結束後我就馬上離開了，也沒在媽媽墓前默哀。更讓他震驚的是，一個殯儀館人員跟他說，我連媽媽的年紀都不曉得。全場陷入了沉默，庭長問他指的是不是站在被告席上的我。養老院院長一下子呆住了，庭長解釋說：「這是必要的程序。」然後庭長轉向檢察官，問他有什麼問題要對證人提出，他大聲答道：「哦，沒有，已經夠了。」他瞥了我一眼，眼神銳利又顯得洋洋得意。生平第一次，我產生了想哭的愚蠢衝動，原來這些人竟如此討厭我。

庭長問過陪審團和我的律師是否打算提問之後，便聽取了看門人的證詞。於是相同的程序又走了一遍。登上證人席時他朝我看了一眼，隨即把目光收回去。一問一答開始了。他說我拒絕看媽媽的遺體，說我抽菸，說我睡了覺，說我喝了加奶的咖啡。我察覺到一陣騷動在法庭上蔓延開來，我頭一次覺得自己有罪。他們要求看門人複述一下我抽菸、喝咖啡的事情。檢察官轉向我，眼裡閃爍著譏諷。此時，我的律師問看門人有沒有和我一起抽菸。可檢察官憤怒地站起，打斷了這個問題：「看看這是一個怎樣的罪犯！看看這都是什麼好手段，去誹謗一個出庭的證人，想要顛覆不利於被告的有力證據！」儘管如此，庭長堅持讓看門人繼續回答這個問題。老傢伙有點尷尬：「我知道不應該這麼做，但我不敢拒絕他遞來的菸。」庭長最後問我有什麼話要補充。「沒有別的了，」我說，「證人說的話屬實。菸確實是我遞給他的。」看門人略有些驚訝地看著我，又懷著一絲感激。他猶豫了一下，然後說，是他主動提議來杯加奶咖啡的。我的律師得意地高聲喝采，他建議陪審團好好考慮這段證詞。但檢察官在我們頭頂憤怒地申斥說：「沒錯，陪審團的諸位先生自然會明鑒是非。他們會得出如下結論：一位陌生人當然有權提議喝杯咖啡，但身為人子，在賦予他生命的這個女人的遺體面前，就理應拒絕邀請。」之後看門人就回到了座位上。

輪到托馬・佩雷時，一名執達員攙扶他登上了證人席。佩雷交代說，他是我媽媽的摯友，但他只見過我一次，就是在葬禮上。當被問及我那天在葬禮上的表現，他說：「我非常非常悲傷，你們知道的，悲傷到無暇注意別的事。悲傷壓倒了我，這對我來說是巨大的打擊。而且我當時昏過去，所以我根本沒注意到這位先生。」檢察官請他至少說說是否看到我哭泣。佩雷回答說「沒有」。檢察官接著說：「我相信陪審團會慎重考慮。」但我的律師惱火了。他以一種在我看來過於誇張的語調質問佩雷，「是否真的看見我沒流淚」。佩雷說：「沒看到。」大家哄笑起來。而我的律師捲起一只袖子，嚴厲地抗辯：「這就是訴訟的典型做派。什麼都是真的，但什麼都不是真的！」檢察官陰沉著臉，忙著用鉛筆在卷宗的標題上做標記。

接著是五分鐘的休息時間，我的律師跟我說一切進展得十分順利。然後瑟萊斯特被傳喚，他是被告的證人。被告指的是我。瑟萊斯特時不時地朝我望一眼，手裡一直擺弄著那頂巴拿馬草帽。他穿上一套嶄新的正裝，他只有禮拜天跟我一起去賽馬場的時候才穿成這樣。但很顯然，他不知道怎麼戴上硬領，因為他襯衫上只扣了一顆銅釦。當被問及我是不是他的顧客時，他回答道：「是的，顧客兼朋友。」至於如何評價我，他說我「人還行」。他又被追問那是什麼意思，便說，就是大家都懂的那種意思。當被問到我是不是一個自閉的人，他說我只是不喜歡沒話找話。檢察官接著問他我有沒有按時付帳。瑟萊斯特大笑起來：「那是我們倆之間的事。」他們又問他如何看待這樁犯罪。他把手放在證人席前面的欄杆上，一副要發表講話的架勢。他說：「在我看來這純屬一場厄運。一場厄運，你們所有人都知道這是什麼意思。隨便你們怎麼想。但是！對於我，它就是一場意外的厄運。」他正想再說下去，庭長說到此為止，謝謝。瑟萊斯特有些目瞪口呆，他解釋說自己的話還沒講完。他被要求言簡意賅一些。他只是不斷在重複：這是一場厄運。庭長說：「好了，我們知道了。但我們坐在這裡就是要審判這一類的厄運。謝謝您的陳詞。」瑟萊斯特似乎已經窮盡了自己的才能和善意，他轉身看著我。他眼裡似乎閃著淚光，嘴唇翕動，彷彿在問我他還能為我做些什麼。我一句話也沒說，也沒任何反應，但第一次萌生想吻一個男人的衝動。庭長再次命令他從證人席上離開。瑟萊斯特穿過人群坐回自己的位置。剩下的庭審他都堅持聽完，他身體前傾，手肘放在膝蓋上，手裡拿著草帽，仔細聽著每個人說過的每一句話。下一個是瑪麗。她戴了一頂帽子，看起來依舊迷人。但我寧願她不戴帽子。站在我那個角度，她胸部輕柔的曲線讓我浮想翩翩，我也極喜歡她微微隆起的下嘴唇。她看起來十分緊張。第一個問題：她認識我多長時間了？她說是從我們做同事的那時候起。庭長問她我們是什麼關係。她說是我朋友。回答另一個問題時，她則承認她的確要嫁給我的。一直在低頭翻卷宗的檢察官，突然問她我們的「關係」是什麼時候開始的。她說了日期。他以一種隨意的口吻說，那好像就是我媽媽去世第二天吧。他不無諷刺地說，為了照顧到瑪麗不安的心情，他本不想在這微妙的話題上追根究柢，但是（他語氣變得愈發嚴厲）他的職責要求他超脫於繁文縟節的束縛。接著，他要求瑪麗概述一下我們第一次發生關係那天究竟做了些什麼，瑪麗不願意回答，但在檢察官的一再堅持下，她說我們游泳時相遇，一起去看了電影，最後去了我的住處。檢察官根據瑪麗的筆錄去調查了那一天的電影節目單。他要求瑪麗自己說出來，我們看的是哪部電影。她像自言自語般小聲回答說，是一部費南代爾出演的電影。她供述完畢，法庭陷入了絕對的寂靜。檢察官表情嚴峻地站起來，他的聲音讓我覺察到他動了真感情。他指著我，一字一頓地說道，「各位陪審團成員，請你們注意，這個男人在母親葬禮後的第二天就去游泳，跟一個女孩發生關係，還看著喜劇片哈哈大笑。這就是我要說的話。」他坐下時，全場依然寂靜一片。但瑪麗突然抽泣起來，她說事情完全不是這樣，是不能相提並論的，她說自己被逼著說出了跟她所想的完全相反的話，她說她非常了解我，我沒有做任何錯事。但在庭長的示意下，執達員把她帶走了，庭審繼續。

馬松的證詞幾乎沒人在聽。他聲稱我是個誠實的人，「而且，是個正派人。」同樣也沒人關注薩拉馬諾在說什麼，他回憶說，我對他的狗很友善，回答關於我媽媽和我的問題時，他則說我和媽媽沒什麼共同語言，正因如此我才把她送進養老院。「你們必須理解這一點，」他又補充道，「必須理解這一點。」但似乎沒人能理解。他說完就被帶下去了。

雷蒙是下一個也是最後一個證人。他朝我輕輕揮了揮手，一開口就說我是清白的。法官制止了他，說並不是請他來發表意見的，陳述事實即可。

也就是說，他只需負責回答法庭既有的問題。他被要求澄清他和死者的關係。雷蒙趁機說，其實死者恨的是他而不是我，因為他揍了死者的妹妹。但庭長轉而問他，死者是否就沒有恨我的理由。雷蒙說我出現在沙灘上純粹出於巧合。檢察官問，既然如此，導致整個悲劇的那封信卻是出自我手，這件事又如何解釋。雷蒙說同樣也事發偶然。檢察官反駁說，「偶然」在整個故事裡真是做盡了壞事，把良心都敗壞了。他想知道，雷蒙揍他的情人時我沒有出面干涉，是否也出於偶然；我去警察局為雷蒙作證，是否也出於偶然；而我的證言通篇皆是獻殷勤的好話，這是不是又出於偶然呢？最後他詢問了雷蒙的職業。雷蒙說是「倉庫管理員」，結果檢察官對陪審團宣布：眾所周知，證人從事的乃是拉皮條的勾當。而我，則是他的朋友兼同謀。這樁荒淫的悲劇本就汙穢不堪，更可憎的是，我們無異於喪失了道德感的怪物。雷蒙急於辯護，我的律師也提出抗議，但他們被告知不能打斷檢察官說話。「我差不多說完了。」檢察官說。他轉過身來向著雷蒙：「被告是您的朋友嗎？」「沒錯，」雷蒙說，「他是我哥們。」檢察官隨後問了我相同的問題。我的目光望向了雷蒙，他沒有迴避。我回答道：「是的。」檢察官面朝陪審團說道：「就是這個人，在他母親入葬的第二天，就進行了最無恥的淫亂活動，而且僅僅為了一些微不足道的瑣事，為了清算一樁傷風敗俗的情事，就動手殺人。」

然後他坐下了。我的律師完全失去了耐心，他舉起雙臂高呼，以至於袖子都掉下來，露出一截漿洗過的襯衫的褶子：「那麼請問，被告之所以受到指控，到底是因為他替母親送葬，還是因為他殺了人？」法庭響起一陣嗤笑聲。檢察官再度站起，抖了抖披在身上的法袍。他說，這位尊貴的辯護人一定是天真到極點，居然看不出兩件事間存在如此深刻的、感人的、本質性的關聯。「沒錯，」他憤憤地高聲喊道，「我就是要指控：他為母親送葬時懷著一顆罪惡的心。」這番宣告似乎對場內聽眾很奏效。我的律師只能聳聳肩，擦去額上細密的汗珠。他顯然深受震撼，我知道大事不妙了。

審訊結束了。走出法院、登上押送車的時候，有一瞬間我認出夏日傍晚久違的色彩和氣味。坐進這個可移動的牢房，黑暗中，我從疲憊的大腦深處逐一找回了熟悉的聲音：我鍾愛的城市，或者最愜意的那一個鐘頭。報紙叫賣聲在空氣中傳得很遠，露天花園裡最後的鳥鳴，三明治店家的吆喝，途經城市高地的電車轉彎時刺耳的呻吟聲，天空將夜色拋向港口前發出的喧譁，它們為我畫出一條盲目的路線，而入獄前我對沿途風景都是了然的。是的，就在這一刻，我感到自己很久沒這樣心滿意足了。等著我的是輕盈、無夢的酣睡。然而有些東西已經變了，我是在牢房裡等待著第二天的到來。彷彿那些熟悉的道路在夏日天空裡留下痕跡，它們既能把我帶進監獄，也通往無瑕的睡眠。

IV

縱使站在被告席上，聽別人談論自己也是件有趣的事。檢察官和律師進行辯論時，我可以說，他們更多在談論我這個人，甚於談論罪行本身。但兩者又有多大區別？我的辯護律師高舉著手臂，承認我有罪，但情有可原；檢察官伸出雙手來，宣布我有罪，且罪無可赦。有件事讓我略感失望。儘管心中焦慮，我依然不時地想要插嘴，但我的律師總說：「不作聲對您更有利。」他們處理這件案子時彷彿將我全然撇開，一切都在沒有我介入的情況下展開。甚至無人徵求我的意見，我的命運就被決定了。我常常想打斷他們：「等等，到底誰是被告？被告在這個場合是多麼重要。我有話要說！」但一番思忖過後，其實又沒什麼要說的。而且我承認，一個人與別人交流的欲望從不會持續太久。比如說，我很快就對檢察官的指控感到厭煩。吸引我的或者讓我印象深刻的，總是從整體中抽離出來的隻言片語、某些手勢或是滔滔不絕的雄辯。

如果我沒理解錯的話，歸根結柢，他認定我的犯罪是有預謀的。至少這是他試圖去證明的。正如他所說，「先生們，我將從兩方面提出證據：首先是鐵證如山的犯罪事實；其次是這罪惡靈魂的邪念給我提供的心理啟示。」他從媽媽的死開始講起，概述了各項事實。他強調了我的冷漠，提到我不知媽媽的歲數，翌日又和女人去游泳，看了費南代爾演的電影，以及最後帶瑪麗回家。一開始我沒弄懂他的意思，他一直說什麼「被告的情婦」，對我來說，原本那就是「瑪麗」。接著他又提到了雷蒙。我發現他看事情的方式倒是不乏條理。我寫了封信與雷蒙勾結，為了引出他的情婦，使之遭受一個「道德可疑」的男人的惡劣對待。在沙灘上，我向雷

他想弄清我的犯罪動機。我說，那是由於太陽的緣故。

蒙的敵人挑釁。雷蒙負傷了。我要來他的手槍，獨自走回去，為的是使用這把槍。我有預謀地殺害阿拉伯人。我停頓了一下。然後，「為了乾淨俐落」，我故意又開了四槍，在某種程度上這堪稱審慎之舉。

「先生們，情況就是這樣，」他說，「我已為你們畫出這起謀殺案的因果鏈，此人很清楚他的所作所為。我必須特意強調的是，這並非一樁普通的凶殺案，不存在可以減刑的過失衝動。先生們，此人機智得很。你們也都聽到他怎麼說話的，對吧？他深知怎麼斟酌詞句。我們無法認為，他犯罪時對自己的行為一無所知。」

我注意他著重強調我的機智。但令我迷惑的是，一個正常人的正常品質竟會成為某種罪行的有力證據。至少，這將我震住了，他後續的話便也沒聽進去，直到又聽他說：「他對自己醜惡的罪行表達過絲毫悔意嗎？隻字未提，先生們。整個過程中他沒表現出哪怕一丁點的懺悔。」他轉向了我，指著我，繼續對我非難。我實在弄不懂為何變成這樣。當然了，我得承認他的話不無道理，我確實沒怎麼對自己的行徑感到過悔恨。但他表現得如此激烈，則讓人震撼。我很想以一種友善、甚至友愛的方式跟他解釋，我這輩子都沒對任何事真正地悔恨過。我總是為將至之事操心，擔心著今天或明天。但此種境地下，我自然不宜以這種口吻跟任何人講話。我無權對人示好，或者表現自己良善的意願。我試圖繼續聽下去，因為檢察官開始談論起我的靈魂。

他說，陪審團的諸位先生們，他曾仔細研究過這個靈魂，但一無所獲。他說，實際上我沒有靈魂，沒有人性，心中毫無道德準則。「當然，」他說，「我們不該因此而去責備他。他不具備某種品質，我們不能就責怪他的缺陷。然而在法庭上，寬容，這不合時宜的美德，應該由正義那更嚴厲、更崇高的德行所取代。此人靈魂之空虛，宛如一道深淵，整個社會都可能會深陷其中、被其摧毀。」他繼而談到我對媽媽的態度，又重複之前的辯詞。但他此番講話比之前要長得多，長到我除了早晨的熱浪就什麼也感受不到。終於，檢察官停頓了片刻，以低沉而莊嚴的語氣說道：「先生們，明日同一地點，我們將審判有史以來最醜惡的案件之一，一樁弒父案。」

一個正常人的正常品質
竟會成為某種罪行的有力證據。

在他看來，此般罪行簡直不可想像，但他堅信正義自會懲惡揚善。可是，他敢說，我的冷漠給人的恐怖蓋過了此案帶來的恐怖。他相信，一個人從道德上殺死自己的母親，又何異於將賦予自己生命的父親謀殺，兩者皆與人類社會格格不入。不管怎樣，前一樁罪都是後一樁罪的鋪墊，甚至使後者合法化。「先生們，我確信這一點，」他接著說下去，音量陡然提高，「你們會發現我並未誇大其詞，坐在這裡的被告和明天待審的人一樣罪孽深重。他必須接受懲罰。」檢察官停下來，擦了擦汗珠閃爍的臉頰。他說他的職責痛苦不堪，但他必得義不容辭地執行。他說我這種無視基本準則的人不為社會所容，我也無權乞求任何人的憐憫，因為我壓根不懂得最基本的情感反應。「我請求你們取下此人的腦袋，」他說，「當我做這樣的請求，心境是如此無礙。雖然漫長的職業生涯中，我也曾請求過執行死刑判決，但從未像今天這般感到艱難的職責恰好得到了平衡，從未如此強烈地被一種崇高的、神聖的命令所驅使。從這張毫無人性的臉上，我只感受到深深的憎惡。」

檢察官坐下後，場面一度陷入長長的沉默。我被炎熱和自己的驚愕弄得暈頭轉向。庭長咳了一聲，低聲問我有什麼話要說。我站了起來，因為我想說點什麼。我張口說的第一件事就是我沒有殺害阿拉伯人的意圖。庭長說法庭會予以考慮，同時他承認，到目前為止，他還不太理解我的辯詞，他想在我的律師發言之前弄清我的犯罪動機。我說得有點口齒不清、語無倫次，同時意識到這聽起來極其可笑。我說，那是由於太陽的緣故。我聽見法庭裡響起一陣哄笑。我的律師聳聳肩，然後輪到他發言。不過他只說時間不早了，他要花幾個小時來總結陳詞，故而請求推遲到下午。法庭准許了。

下午，巨型電風扇還在不停地攪拌滯重的空氣，陪審團成員們都搖著五顏六色的小扇子。律師的辯詞對我來說冗長至極。不過，有那麼一刻，我豎起耳朵聽見他說：「是我殺的人。」他繼續用這種口吻說下去，使用「我」的時候，實際上指的是我本人。我非常驚訝，彎腰詢問憲兵這是為什麼。他先是讓我閉嘴。過了一會兒，悄悄說道：「律師們都這麼做。」

這看上去仍要把我排除出我自己的案子，把我的存在感降低為零，簡而言之，就是讓別人替我說話。不過這不要緊，我覺得已全然神遊於法庭和它乏味的進展之外。再說，我的律師看上去可笑極了。他急匆匆地針對挑釁開始了辯護，然後也談論起我的靈魂。但我認為其口才遠不如那位檢察官。「我也仔細研究過此人的靈魂。但結論迥異於這位檢察官，我確實有所收穫。當然，我也可以說，這些發現是一目了然的。」他眼中的我是個正派人士，對老闆盡職盡責，與人為善，對他人的困境富有同情心。在他的描述裡我是個孝子，盡己所能地贍養自己的母親。最後，為了讓母親得到我所不能提供的慰藉，才決定把母親送去養老院。「先生們，我感到震驚，」他補充道，「竟有人對養老院橫加議論。若想證明這類機構的用處與偉大，只消想想為它們撥款的乃是國家政府。」我注意到他根本沒提葬禮的事，這可以說是嚴重的漏洞。不過，在他的絮絮叨叨和關於我的「靈魂」的無窮無盡的討論中，我感覺一切都變成了無色的水渦，讓人頭暈目眩。

最後，我只記得一個小插曲。我的律師不停地說啊說，一個賣霜淇淋的小販突然在街上吹起喇叭，微弱而尖厲的聲響迴盪在法庭上空。記憶的洪流紛至遝來，這是我生命的記憶，即使這生命往後不再屬於我。這些記憶曾給予我微小而持續的歡愉：夏日溫暖的味道，我最喜歡的街區，傍晚的天空，瑪麗的裙子和她的笑聲。此時此地，我的在場毫無用處，讓人窒息、反胃。我僅有一個念頭：快點結束，回到牢房，沉沉地睡去……昏昏沉沉中我聽到律師在咆哮，他在勸說陪審團成員不要因一個人的一時失足，就把這誠實工作的年輕人送上斷頭臺。他請求從寬處理，因為我已背負了最沉重的懲罰——餘生在悔恨中度過。法庭中止辯論，我的律師坐了下來，看上去精疲力盡。幾個同事走向他，跟他握了握手：「太精彩了，老兄！」他們這般說。另一個甚至問我：「您難道不覺得嗎？」我表示贊同，但並非真心，因為實在累得不行。

白日將盡，天也不那麼熱了。聽街上傳來窸窣的聲響，我知道傍晚的涼意開始襲來。我們都坐在那裡等著，等一個除我之外沒人真正在乎的結果。我環視了一圈法庭，和第一天來的時候沒什麼兩樣。我和灰衣記者、矮女人的目光又相撞了。這讓我想起，庭審期間我從未想要看瑪麗一眼。不是因為我把她忘了，而是我要注意的事情太多。現在我看到她了，她坐在瑟萊斯特和雷蒙中間，朝我輕輕揮了揮手，彷彿在說「終於結束了」，她笑容裡透著緊張。而我的心已冷硬如石，甚至無法報以笑容。

重新開庭。先是快速朗讀一遍對陪審團提出的一連串問題。我聽清了幾個詞：「蓄意殺人……挑釁……從輕量刑……」陪審團走出去了，我被帶進一間小等候室。我的律師來看望我，他口若懸河，說話更有底氣和自信。他向我擔保一切都會順利，我只需在監獄裡待幾年或是被流放幾年。我問他翻盤的機率有多大，他說那是不可能的。他的策略是避免攻擊陪審團做出的結論，以防激怒他們。他說一個判決不會無緣由地撤銷。我對此表示理解。客觀來說，這很正常。如果不這樣的話，那官司就無休無止了。「總之，」律師說，「我們還可以上訴。但我相信結果對我們是有利的。」我們等了很久，差不多四十五鐘吧，我猜。鈴響了，律師說：「陪審團主席將宣布他們的決定。您先待在這裡等候判決。」幾扇門重重地打開。我聽見一些匆匆下樓的腳步聲，但分辨不出它們離我近還是遠。然後我聽見一個聲音在法庭上嗡嗡響起。鈴聲再度響起，門開了，我走回被告席。周圍鴉雀無聲。那種死寂帶來一種奇怪的感覺，我發現那名年輕記者已經把目光移開。我沒朝瑪麗那邊看。實際上，我來不及東張西望，因為庭長直接以一種怪異的口吻宣布：以法國人民之名，我將被斬首示眾。那一瞬間，我似乎理解了在場所有人的表情：一種禮貌的憐憫。憲兵對我也很友善。律師將手搭在我的手腕上。我大腦裡一片空白。庭長問我有什麼話要說，我想了片刻，回答說：「沒有。」然後我就被帶走了。

V

我已經第三次拒絕見神父了。我跟他沒什麼好說的，也不想說，反正過不了多久我又要見到他。我此刻唯一關心的就是能不能躲過斷頭臺，能否從絕境中尋得一線生機。我搬到另一間牢房。躺下時，我能看見天空，但能看見的也只有天空了。我整日觀察著天空那從晝到夜顏色漸衰的臉。我躺著，手枕在頭下面，等著。我一直在想，有沒有死刑犯在最後一刻逃脫斷頭臺、衝破警察包圍圈的先例。我責備自己對處刑還不夠關心。人應該對此多些了解。因為你不知道可能會發生什麼。跟大家一樣，我也看過報紙上的死刑報導。這世上肯定還有研究這個話題的專著，只是我從來沒興趣翻閱。裡面也許記載著一些臨陣脫逃的故事。譬如，我至少可以記住這樣的情形：當斷頭臺的滑輪停了下來，就那麼唯一一次，運氣和偶然性遏止了不可阻擋的判決。從某種程度上說，這對我已經足夠了。剩下的事，我在心裡就可以解決。報紙上經常說什麼「欠社會的債」。如他們所言，這筆債應該由犯罪者來償還。但這種言論毫無想像力。我唯一關心的就是逃跑的可能性，擊敗他們殘忍的嗜血欲的可能性，瘋狂奔向自由的可能性——哪怕只有一線希望。當然了，你能指望的無非是你全力逃跑時，在轉角處被流彈擊中的命運。考慮到所有這一切，就連奢望也是不允許的，我又重新被押在斷頭臺上。

就算我願意接受，我也絕不能接受這種蠻橫的確定性。說到底，從宣判的那一刻起，在以這種確定性為依據的判決和不可動搖的執行判決的進程之間，就存在著一種可笑的不平衡。判決是晚上八點鐘而不是五點鐘宣布的，其結果可能截然不同，它是被一群剛剛換上襯衣的普通民眾決定的，它是被模糊地冠以「法國人民」（也可能是德國或中國人民）的名義

我前所未有地敞開了自己，
將自己交付於宇宙那溫柔的冷漠。

做出的，種種跡象都表明，這份判決並沒有多少分量。但必須承認的是，從死刑判決給出的那一刻起，它就對我產生了有力的、堅實的影響，正如此刻承受著我全部身體的硬邦邦的牆一樣。

與此同時，我想起媽媽常常講起的一個關於爸爸的故事。我從沒見過他。我對他全部的了解都源於媽媽的講述，其中一件事就是他曾圍觀一個謀殺犯的處刑。臨行前他就覺得很反胃，但還是去了。回來時差不多吐了大半個上午。當時，父親的行為讓我覺得很噁心。但現在我明白了，那太自然不過了。我以前怎麼就不明白，其實沒什麼事比死刑更重要了呢？實際上，它才是真正吸引人的事情！假如我有幸出獄，也會圍觀每一場死刑行刑。毫無疑問，去思考那種可能性是不明智的。因為只要想像著重獲自由的自己，在一天清晨站在警察封鎖線外，也就是說，變成一個可以回家嘔吐的旁觀者，一陣苦澀的喜悅就會萌生心間。任由我的思緒如此飄忽是愚蠢的，不一會兒，我就感到一陣可怕的寒意，必須用毯子裹緊自己才行。但我的牙齒還在打顫，什麼方法都無濟於事。

但是，正常情況下，人不可能時刻保持理智。比如說，有時我會幻想去制定新的法律。我會改革刑罰制度。我發現最重要的就是給死刑犯一個機會。哪怕只有千分之一的機會，也能讓情況好轉。我覺得應該使用一種藥物，十次中有九次的機率能殺死受刑者（我指的是：受刑者）。他應當被如實告知，這是個前提條件。經過反覆的琢磨、冷靜的思考，我得出的結論是，斷頭臺之所以不合理，因為犯人根本沒有任何生還的機率，一點都沒。實際上，受刑者的死亡是不留餘地的，一錘定音。它是性質確切的死局，混不進任何可能性，其協定內容也是眾所周知的，毫無商量的餘地。即使存在僥倖，比如斬刀出問題的話，一切也只是周而復始罷了。所以真正惱人的是，死刑犯不得不祈禱斷頭臺能正常運作。在我看來，這是它有缺陷的一方面。在某種意義上，確實如此。但另一方面，我得承認，這恰恰是任何組織得以良好運轉的奧祕。歸根結柢，死刑犯必須在道德上予以配合。他要關心的，就是一切都毫無障礙地運行。

我必須承認，直到現在，我關於此事的認知還並不確切。不知什麼緣故，我一直以來都確信，必須先走上絞刑架，登幾級臺階，才能到達斷頭臺。我有這樣的想法，大概源於一七八九年大革命。我是說，因為別人教我或展示給我的東西就是那樣。但有一天早晨，我突然想起報紙刊登過的一張照片，記錄的是一場著名的死刑。實際上，斷頭臺就簡簡單單擺在地上，沒什麼比這更簡陋的了。也比我想像的要窄得多。我此前竟從未意識到這一點，真奇怪。這件老生常談的機械，最讓我震驚的是它精密、細膩、閃閃發亮的工藝品般的質地。人們對不熟悉的事物不免誇大其詞。現如今我承認一切實際上非常簡單：斷頭臺的高度跟走向它的那個人身高等同。人靠近它，就像跟另一個人相遇。這很糟糕。我以為爬上斷頭臺猶如登天一般，我全部的想像力都曾寄託於此。但這個想法被機器抹殺了。你就這樣不起眼地死掉了，有點丟人，雖然死得很精確。

還有兩件事我一直在考慮：即將到來的黎明和我的上訴。然而，我總希望自己理性一點，盡力不去想這些事。我躺下，望著天空，努力對它產生興致。當天空漸漸轉綠，我知道夜晚即將來臨。我努力去想別的事情。

我傾聽自己的心跳。我不敢相信，這一直伴隨著我的怦怦的心跳終會停止。想像力不是我的強項。但我仍嘗試著想像自己不再能聽到心跳的那一刻。不過失敗了。黎明和我的上訴仍然迴盪在腦海裡。我最終告訴自己，此刻最應該做的就是不必去強迫自己了。

我知道，他們通常在黎明時到來。因此，我整夜整夜地等待黎明。我從不喜歡突發的事。有什麼事要發生的時候，我寧願做好準備。這就是為何我只在白天小睡片刻，整晚都在觀察夜空，直到破曉的第一縷光映在窗玻璃上。最難熬的是那晦暗不明的時辰，我知道他們通常那時候開始動手。午夜過後，我等待著，留意著動靜。我的耳朵從未接收過如此多的噪音，也未曾分辨過這麼多細微的聲響。不過，我得說我是幸運的，因為整個過程中我沒聽見腳步聲。媽媽常說，一個人不可能全然被痛苦包圍。當天光漸明，我的牢房被照亮的時候，我覺得她說得挺對的。因為我本來可能已經聽到了腳步聲，我的心可能已經炸裂了。即使最輕微的聲音都能讓我衝向門邊，把耳朵緊貼在木頭上，我聽得如此專注以至於能聽見自己嘶

一個人不可能全然被痛苦包圍。

啞的呼吸，就像狗在氣喘吁吁。一切過去之後，我的心並沒有崩潰，我又贏得了二十四小時的緩刑。

一天到晚，我都在琢磨上訴的事。我確信自己抓住了這個念頭的要害所在。我計算了現實處境，並在頭腦裡演算出最佳的收益。我總習慣於設想最糟的情況：那就是我的上訴會被駁回。「我就只能等死。」顯然，比別人死得早得多。但誰都知道這輩子本來就不值得一過。後來，我覺得三十歲死還是七十歲死沒多大差別，因為其他男男女女會照舊存活下去，幾千年來維持著老樣子。總之，這是再明顯不過的事實。但那個將死之人終究是我，不管是現在死還是二十年後再死。每當推理到這裡，最令我尷尬的就是想到還有二十年可活，我感覺我的心猛然一跳。不過，我只管扼殺掉這個念頭便是，因為我想到二十年後，當我發現死亡依舊來臨時，可能會產生的諸種想法。既然要死，怎麼死、什麼時候死顯然就不重要了（但不沿著「所以呢」這種邏輯往下想真的很難），所以呢，我只能做好準備，接受我的上訴會被駁回的可能。

此刻，也僅僅就在此刻，我敢說自己有權允許自己去設想第二種可能性：我被特赦。惱人的是，我得克制血脈賁張的身體衝動，控制住因狂喜而昏花的雙眼。我必須保持理智，壓抑喊叫的欲望。我必須對此保持一種順其自然的態度，以便讓自己更合情合理地信服前一種可能性。假如我真的做到了，就能獲得一小時的平靜。不管怎麼說，這也不失為一項壯舉吧。

就在這時，我再度拒絕了與神父會面。我躺在床上，發現天空鍍上了一層柔和的金色，這暗示著暮色將至。一瞬間，我就把上訴的想法拋在腦後，感到血的浪潮在我體內平靜地流轉。我沒必要去見神父。這麼久以來，我第一次想到了瑪麗。我很久沒收到她的信了。她成了一個死刑犯的情婦，我猜這件事足夠讓她厭煩了，這是我思考了一晚的結果。我也設想過她病了，或死了，這都符合萬事萬物的規律。我們倆的肉體關係既然已完結，便再無他物能讓我們彼此牽掛，我又如何能得知她的死活呢？而且，恰恰從這一刻起，我對瑪麗的回憶開始淡漠。她死了，她讓我失去了興趣。這很正常，就像我很清楚，我死後人們就會忘掉我。他們跟我之間不再有任何關聯。甚至我都沒有資格說，這種想法很難讓人接受。

想到這裡，神父恰好走進來。他出現時，我不由地微微顫抖了一下。他顯然注意到

這一點，他告訴我不要怕。我提醒他，他通常不在這個時間來。他回答說這只是一次友好的拜訪，跟我的上訴毫無關係，他對此也一無所知。他坐在我床上，讓我挨著他坐。我拒絕了。不過，他看上去挺和藹的。

他坐了一會兒，前臂搭在膝蓋上，垂著頭，觀察自己的手。那是一雙纖細而有力的手，讓人聯想到兩隻靈敏的小獸。然後他開始慢慢地摩挲它們。很長時間裡，他都保持同一個坐姿，頭依舊低垂，我竟一時忘了他的存在。

他突然抬起頭，直直地盯著我。「為什麼，」他問道，「為什麼拒絕我的探視？」我解釋說我不信上帝。他問我是否對此確信無疑，我說這件事對我不構成困擾，這個問題在我看來也無足輕重。然後他朝後仰躺，身體靠在牆上，雙手平放在大腿上。他似乎自顧自地說，人們通常以為自

己對某件事確有把握的時候，事實卻並非如此。我沒應聲。他又看著我問道：「您怎麼看？」我說這的確有可能。不過，雖然我不確定我對什麼感興趣，但我深知自己對什麼不感興趣。比如，我對他的這些話就毫無興趣。

他收回了目光，姿勢卻沒改變，他問我這麼說是不是出於極度的絕望。我解釋說我並不絕望，只是害怕，這再自然不過了。「既然如此，上帝會幫助您，」他說道，「我所認識的每個處於您的位置的人，最後都會皈依上帝。」我承認這是他們的權利。這也說明他們尚有彌留的時日。但我不想得到幫助，也不打算把本來就珍稀的時間浪費在不感興趣的事情上。

他的雙手因失望而微微發抖，但他依然站起來整理著袍子上的褶皺。完成這些動作之後，他開始稱我為「我的朋友」。他這麼稱呼不是因為我被判了死刑。在他看來，地球上所有人都被判了死刑。但我打斷他，說這不是同一回事，況且也絲毫產生不了安慰的作用。他表示贊同：「沒錯。但您就算今日不死，也終有一死。到時候這個問題依舊擺在您面前。您會怎麼面對這可怕的考驗呢？」我回答說我會像此時此刻這般面對它。

聽我說完後，他站了起來，直直地看著我。這是我很熟悉的伎倆。我經常對艾曼紐埃爾或瑟萊斯特使用這套把戲，他們十有八九會率先移開自己的目光。我很快就發現神父是個中老手，他的目光毫不躲閃，而且聲音非常平穩：「您真的沒希冀過任何東西嗎？您真的認為當您死了，您就死了，什麼都不會留下？」「是的。」我說。

他垂下頭，又坐了下來。他真的為我感到遺憾，他說。他認為，這種信念是任何人都無法承受。但我只是開始厭倦他了。我轉過身，走向那扇天窗。我把肩膀靠在牆上。他的話讓我分心，但我聽見他又向我提問。現在他的聲音急躁而迫切。我意識到他是動了真感情的，便開始更認真地聆聽。

他說他相信我會勝訴，但我身上背負著很重的罪，則必須要擺脫。在他看來，人的正義算不上什麼，上帝的正義才是一切。我指出正是前一種正義給我定了罪。他回答道，但那並未洗清我的罪。我說我不明白他講的罪是什麼意思。我只知道我有罪。我有罪，我為它付出代價，沒人可以從我身上企求更多的東西。此刻他站了起來，我想，他如果打算在這狹小的牢房裡挪動的話，那幾乎別無選擇，要麼坐著，要麼就站著。

我正盯著地面看。他朝我走近了一步，然後停下，好像害怕靠得更近。然後他透過柵欄，望向天空。「您錯了，我的孩子，」他說，「我們可以從您身上企求更多。比如，請求您完成這件事。」「什麼事？」「請您看一看。」「看什麼？」

神父緩緩環視著我的牢房，然後突然以一種倦乏的語氣說：「這些石頭流出的是痛苦的汗，我很了解。每次看著它們我都苦惱不堪。但在內心深處，我知道哪怕最失望的人也能從黑暗中看見一張神聖的面孔，我請您看的就是這張臉。」

我有點被惹惱了。我說這幾個月我一直在看這些牆。沒有任何東西、任何人比我更了解它們。也許在很久以前，我曾經試圖尋找一張臉。但那張臉閃耀著太陽的顏色和欲望之火：那是瑪麗的臉。我失敗了，然後我就放棄了。反正我從未在這些潮濕的牆上看到過什麼。

神父以某種悲傷的眼神看著我。我現在整個身體都靠在牆上，臉籠罩在日光之中。他說了幾句我沒聽清的話，然後語速很快地問我，他能否擁抱我一下。「不能。」我答道。他轉身走向牆壁，緩緩地撫摸著它：「您對這個世界的愛就只有這麼一丁點嗎？」他喃喃自語道。我沒有回答。

他背對我，久久佇立著。他的在場讓人壓抑和惱火。我想趕他走，留我一個人待著。突然他朝我轉過身，激動地大喊：「不，我不相信您。我敢說您肯定想過另一種生活。」我回答說這是肯定的，但這跟我們夢想變得富有，或是指望游得更快，或是幻想長一張漂亮的嘴沒什麼根本上的區別。這些都是一回事。我打算繼續說下去，但神父插進了一個問題：我想像中的另一種生活究竟是什麼樣子。我衝他大叫起來：「就是能讓我想起此刻生活的生活！」不帶任何停頓地，我告訴他我已受夠了他的陪伴。但他還想在上帝這個話題上繼續發言。我走近他，用我最後一點耐心告訴他，我時間不多了，不打算把它浪費在上帝身上。然後他試圖轉移話題，問我為什麼叫他「先生」而不是「父親」。這個問題惹惱了我，我告訴他，他不是我父親，去當別人的父親吧。

「不，我的孩子，」他把手搭在我的肩上，說道：「我站在您這邊。雖然您還沒明白這點，因為您的心是茫然的。我來為您祈禱。」

然後，不知怎的，有些東西開始在我體內引爆。我聲嘶力竭地大叫，辱罵他，叫他不要為我祈禱。我揪住他法衣的領口。我在憤怒和快樂的混合驅使下，朝他傾洩我心底醞釀的一切。他看上去對自己十足確信，不是嗎？可他的確信連女人的一根髮絲都不如。他甚至都不能確定自己是否還活著，因為他活得形同死人一般。我看上去可能一無所有，但跟他相比，我對自己非常確信，對一切非常確信，對自己的生命如此，對即將到來的死亡亦如此。沒錯，那是我僅有的東西。但至少我抓緊了這個真理，正如真理也抓緊了我。我曾經是正確的，我依舊是正確的，我永遠是正確的。我以某種方式度過了人生，如果我喜歡的話，也可以用另一種方式生活。我做這件事，就不會做那件事。我做了這樣的事情，就等於沒做過那樣的事情。那又如何？我好像等待這一刻等了很久，等待我的正確性得以聲張的這個黎明。沒什麼是重要的，壓根沒有，我很清楚這是為什麼。他也心知肚明。這些年，當我過著荒謬的生活，有一陣不明朗的微風從未來的深處吹來，它途經那些尚未來臨的年月，一直吹拂到我臉上，一路上它剝去了在那些並不比我既有的經歷更真實的未來時刻，別人向我提供的諸種可能性。別人的死、母親的愛有什麼要緊？既然一種既定的命運已選擇了我，而千千萬萬的幸運兒都像他一樣自稱是我的兄弟，那麼他信奉的上帝，我們選擇的生活和命運，這些又有什麼要緊？他不懂嗎？真的不懂嗎？每一個活著的人都是幸運兒，只有幸運兒能存活於這個世界上。終有一天，其他人也要被判處死刑，他也不能倖免。假如他因為沒在媽媽的葬禮上哭泣而被控以謀殺罪處決，那有什麼要緊的？薩拉馬諾的妻子和狗沒什麼區別。矮個子怪裡怪氣女人就像馬松的巴黎妻子一樣有罪，抑或，想嫁給我的瑪麗也同樣地有罪。如果雷蒙是個像瑟萊斯特一樣可信賴的朋友，那又有什麼要緊的？如果此時此刻瑪麗正和一個新的莫爾索接吻，那有什麼要緊的？被判死刑的神父，他能夠理解從我的未來湧出的這股微風嗎？我上氣不接下氣地吼完這段話。獄卒們衝了進來，試圖把神父從我手裡解救出來。他們甚至威脅我。但神父讓他們冷靜下來，然後沉默地看了我一會兒。他眼裡噙滿了淚。他終於背過身去，離開了。

他一走，我又冷靜了下來。但此刻的我已消耗殆盡，重重地往床鋪上一倒。我覺得自己睡著了，因為醒來時，漫天星輝灑在我臉上。鄉間細微的聲響悄悄地潛進來，夜晚的氣味、泥土和鹹味的空氣讓我感到涼爽。這酣睡的夏夜裡，美妙的平靜像潮汐般朝我湧來。就在天剛破曉時，我聽見汽笛的鳴響，它宣告著一場旅途，去往一個與我的此刻再無關聯的世界。這麼久以來，我第一次想到了媽媽。現在，我似乎能理解為什麼她生命殆盡之時還找了一個「未婚夫」，為什麼她要從頭來過。那邊也差不多，也是一樣的，在生命漸凋的養老院周圍，夜色就像一場憂鬱的安息。死亡近在咫尺，媽媽一定感到解脫了，並且為重生做好準備。無人——無人有權替她哀哭。我亦如此，我已準備重新再活一遍。彷彿那陣狂怒洗淨了我的苦痛，也抽空了我的希望。凝視著遍布星光、充滿象徵意味的夜空，我前

所未有地敞開自己，將自己交付於宇宙那溫柔的冷漠。我感覺它就如我一般，像是一位兄弟，讓我感到過去是幸福的，現在也是幸福的。為了耗盡一切，為了減輕幾分孤獨，我所期待的唯有執行死刑的那天，蜂擁而至的人群對我致以憎惡的嚎叫。

為了減輕幾分孤獨，我所期待的唯有執行死刑的那天，
蜂擁而至的人群對我致以憎惡的嚎叫。

Annexes

附錄

《異鄉人》美國版自序

多年前，我曾以一句話概括《異鄉人》的要旨：「在現行社會，倘若某人沒在母親葬禮上哭，便有被處死的風險。」我深知這話很矛盾。我無非想說，本書主人公被判罪，起因於他沒參與那場遊戲。故此，他對於他身處的社會是個異鄉人。他流浪於邊緣，他在私己的、寥落的、肉欲的生活中也像在「郊區」遊蕩。無怪乎部分讀者樂意視他為落魄之人。不過，假如試想，莫爾索究竟不願參與哪一場遊戲，我們便能更確切地理解這個人物，至少更靠近作者的意志。答案很簡單，莫爾索不願撒謊。撒謊，不單單意味著說些不存在的事。撒謊，更是指，甚至尤其是指，說的事超過了真實存在，具體到人心層面，即是指所說的事超過了自己所感受到的。所有人每天都撒謊，唯願生活變簡單一些。但莫爾索不願簡化生活，這恰恰與他顯露人前的那一面相反。他有什麼就說什麼，他拒絕粉飾自我的感受，這樣一來，整個社會就認為受了他威脅。他們按著慣例，逼他悔罪。他卻說，自己與其真心悔恨，倒不如說僅僅覺得無聊。這兩者間微妙的差異使他獲刑。

在我看來，莫爾索並非落魄之人，卻是貧白、赤裸之人，是愛陽光、不留絲毫陰影之人。他的感受力絕沒有被奪走，有種熱切，因堅韌而深邃的熱切，關於絕對性與真實的熱切，一直激勵他。沒錯，這種圍繞著存在與感受的真實依舊是消極的，但倘若缺了它，人就無望將自我征服。

現在我們再讀《異鄉人》就不會弄錯了。故事裡的男人接受死是為了真實，且無英雄之姿態。我此前還說過一句話，也挺矛盾：我有意把主人公塑造成唯一值得信奉的基督。然而，聽完我方才的解說，你們斷不會判定我瀆神，我腦中無非有個略帶諷刺的執念：但願藝術家有權體驗體驗他親手創造的人物。

一九五五年一月八日

一九五七年諾貝爾文學獎頒獎致詞

從地緣意義上，法國文學早跨越了法國位於歐陸本土的疆界。它在諸方面皆使人聯想到高貴且獨一無二的園林植物：雖則深受傳統與變異交替影響，雖則培育在域外，它的獨特性亦絲毫不減。今年諾貝爾文學獎得主阿爾貝．卡繆，可謂此類演變的一例。他出生於阿爾及利亞東部小鎮，爾後回歸於北非環境，為的是尋找對他童年及青年時代造成一切決定性影響的源頭。迄今，卡繆仍深信此乃法國一塊偉大的海外領土，而身為寫作者的他，常有逸興去回顧這一事實。

卡繆出身準無產階級，他認為獨自闖蕩很必要。學生時期，他窮，從事過各類糊口的工作。此謂艱苦求學，但這艱苦教他的東西甚多，對他日後成為現實主義者不無裨益。負笈阿爾及爾大學數年間，他與一群知識分子交好，他們隨後在北非抵抗運動中聲名顯赫。他的第一本著述由阿爾及爾的當地出版社發行。及至二十五歲，又以記者身分赴法國，迅速在一線大都市贏得一流作家的聲譽，可惜，大好前途卻在戰爭的酷烈環境下早早遇挫。

即便在其初期著作中，卡繆已流露一種精神意志，究其來源，他一面看清了世俗生活，另一面又緊迫意識到死亡的現實，此兩者間已有尖銳的矛盾。這比所謂的地中海宿命論更緊要。地中海宿命論可追溯至此種觀念：即認為世界的璀璨陽光轉瞬即逝，終將被陰影驅散。卡繆亦是名為「存在主義」的那場哲學運動的代表，該運動刻畫人類在宇宙的處境，即，一切個體的意義蕩然無存，其中僅剩荒謬性罷了。「荒謬」一詞常縈繞於卡繆著作中，人們大可以稱其為主導性母題；這母題進而在自由、責任及由它派生的痛苦所導致的道德後果中得以充實。希臘神話的薛西弗斯無止境地推岩石至山頂，又無止境地任它滾落，他在卡繆筆下成了人類生活的一種簡明象徵。但誠如作者自述，薛西弗斯在靈魂深處自以為幸福，單憑這番努力，他就覺得滿足。卡繆以為，最重要的並非知道生活是否值得一過，而是必須去生活，並承擔隨之而至的苦難。

我的發言太短，自然不足以闡釋卡繆智性到了何等驚人的深度。值得一提的是，他作品流露出極雅正的風格和超強的專注力，往往將上述問題嵌入此種表述方式中：恰是人物和動作使其思想浮出水面，而作者並不置喙。這也是一九四二年《異鄉人》一舉轟動的原因。主人公為政府部門雇員，歷經一連串荒唐事件後，殺害一個阿拉伯人。他對自身命運亦無動於衷，聽候死刑的到來。然而在最後一刻，他竟擺脫近乎麻木的消極性，倏忽振作起來。一九四七年的《瘟疫》則是體量更大的象徵性小說，其主要人物李厄醫生及其助手，英勇與降臨於北非小鎮的鼠疫相抗。此種現實主義敘事令人信服，它以冷靜精確的客觀性反映了抵抗運動時期的生活經驗。卡繆讚揚極沮喪、極幻滅的人身上被四處橫行的邪惡所激起的反抗。

近年，卡繆也寫了極出色的獨白故事。《墮落》（一九五六年）講故事的技藝同等精湛。一位法國律師在阿姆斯特丹水手酒吧檢查自己的良心，他描繪的是自畫像不假，亦是一面其同代人可藉此自辨的寶鏡。你能看到偽君子和恨世者以「人類心靈科學」的名義握手言歡，此乃法國古典文學的專擅領域。一位執著於真理的激進的作者，將尖銳諷刺變成了對抗普遍虛偽的武器。當然，或許有人懷疑，卡繆因循齊克果式的、如深淵般不見底的罪惡感，到底能走多遠，因為人們總覺得作者已遭遇某個轉捩點。

卡繆自身遠超越了虛無主義。其關於責任的沉思嚴肅而高峭，那責任便是不間斷地恢復被踐踏的東西，在不公正的世界中使正義成為可能。人道主義者便是他了。他從未忘記對希臘式比例與美的崇拜，它們曾示現於地中海沿岸提帕薩的夏日驕陽。

憑著活躍度和旺盛的創造力，卡繆在法國境外也是文學界的焦點。他被真切的道德承諾所激勵，全身心投入生命中嚴峻的基本問題，無疑，此一願望也吻合諾貝爾獎賴以持守的理想主義目標。他不斷肯定人類境況荒謬性的背後，絕不存在死氣沉沉的消極主義。這觀物的視角，配合著強硬地執行力、「儘管如此」的精神、反抗荒謬的呼籲，凡此種種齊聚於他一身，並因此創造了價值。

安德斯・奧斯特林
瑞典皇家學院常任祕書長

諾貝爾文學獎卡繆獲獎演說

尊敬的國王陛下和王后，諸親王殿下，女士們，先生們：

對自由之皇家學院授予的這分殊榮，我深表謝忱，尤其是這饋贈的分量早就超過了我的個人成績。每個人都渴望被承認，藝術家尤甚。我亦不例外。然而，有必要就它的影響力和我的實際所為做一番比較，否則就連我自己也很難理解此決定。一個年輕人，除了滿腹心事便一無所有，其作品還有待完成，他也早早習慣於離群而獨身工作。不想，一聲令下，他驟然孤零零地袒露於一片耀眼的聚光中，難道不該感到惶恐嗎？正當其他歐洲作家——其中不乏極偉大的作者——被勒令噤聲，甚至，正當他的出生地蒙受無止境的災難時，他又該憑何種心情領受這榮譽？

我內心受了衝撞，混亂不堪。為恢復昔日寧靜，我不得不和過於慷慨的運氣達成協議。光靠我取得的成就，原本不能夠配得上它。能助我配上它的，唯我終生賴以維繫的東西（即便在最相反的情形下也如此），亦即，我對藝術和寫作者角色所抱的信念。請容我以感激和友愛之情緒，簡要稟明這信念究竟是什麼。

就自身而言，我無法脫離藝術而活。但我從未將它置於萬物之上。相反地，我需要它，乃因它不與任何人隔離，它讓我如我所是地與眾人生活在一處。藝術絕非獨享之樂。它能用表現尋常喜悅與痛苦的圖像來刺激最多數之人。它要求藝術家不置身事外，要求他服從謙卑且普遍的真理。一個人選擇成為藝術家的命運，通常起因於他自覺與眾不同，爾後他就必須承認自己與他人的相似，否則其藝術、其獨特性都不可能成立。將自我朝向他者，反過來亦將他者趨向自身，藝術家便誕生於這不息的往復運動。他一頭聯繫著他賴以生存的美，另一頭關聯起他無法脫離的共同體，此兩者間的中點便是他位置所在了。真正的藝術家不輕視任何事物，因其責任在於理解而不是評判。他們如需在這世界上選邊站，便必然站在「社會」這一邊。恰如尼采所揭櫫的，統治社會的是創造者而非審判者，無論他以勞動者抑或知識分子的身分示人。

同樣，寫作者的角色也離不開他要承受的艱難責任。就定義而言，寫作者不應服務於製造歷史的人，而要服務於承受歷史的人。否則他將形單影隻，失掉了做藝術的資格。任何暴君的軍隊和百萬人馬都無法將寫作者從孤獨中解救，尤其當他與他們亦步亦趨之時。但一名被棄於世界另一端、受盡侮辱的無名囚犯，其沉默足以將流亡中的寫作者拯救出來——前提是，這作家縱使享有了自由，也要設法不將那沉默遺忘，並讓沉默在藝術中得以迴響。

幾乎無人能勝任這項天命。可是，一個作家，就其生活的種種際遇而言，無論沒沒無聞還是聲煊一時，無論深受暴政之禁錮抑或恣意表達自我，只要他接受了這兩項職責——即盡力為真理和自由服務——他就能感覺到重獲活生生的共同體的信任，這共同體也將使他稱義。其使命是團結盡可能多的人民，且不能容忍謊言或奴役，因為此兩者統治的疆土僅能滋生孤獨。不管其人究竟有怎樣的弱點，作家職業之高貴仍歸功於這兩項難以長相守的諾言：拒絕在知悉的事物上撒謊，並反對壓迫。

這豈止二十年的荒唐歷史中，我和同代人一樣無助彷徨，迷失於時代的動盪。但有一件事撐起了我的生活。我隱約感到寫作是一種榮耀，因為寫作就等於承擔，然則，要承擔的又不僅僅是寫作。尤其是，它迫使我憑自己的力量，以自己的存在方式，與所有遭遇相同歷史的人一起承擔不幸和希望。這代人生於一戰初期，二十歲便目睹一些革新性的實驗，又碰上希特勒當權。然後，他們又完美領教了西班牙內戰、第二次世界大戰、納粹集中營，看到了深陷於牢獄和折磨中的歐洲。如今他們還要在核毀滅的風險之下撫育後代、安身立命。沒人有資格要求他們樂觀。我甚至覺得在不懈抗爭之餘，應理解他們的錯誤：他們因過度絕望才導致了不體面之舉，以致一頭栽進時代的虛無主義。但事實是，無論在我的祖國還是整個歐洲，我們中絕大多數都拒絕了這種虛無主義，並致力於尋求合理性。為著新生，為著坦然對抗歷史中凶悍的死亡本能，他們需鍛造一種災難時代的生存術。

不消說，每代人都確信自己能重構世界。而我所屬的這代人卻深知此事無望。然則使命或許更大——他們要防止這世界的解體崩塌。他們承繼了腐朽之歷史，其中混雜著失敗之革命、瘋狂之技術、殞亡之神祇、疲軟之意識形態。在如此這般的歷史中，無能政權固然能摧毀一切，卻不能使人信服；而智識卻自貶為仇恨與壓迫的奴僕。這代人必須裡裡外外地一點點修補那關乎生死尊嚴的事物，著手之處便是這亂世僅剩的否定性的遺產。在這搖搖欲墜的世界面前，我們的宗教大法官面臨著建立永恆的死之國的危險。這代人深信，除了跟時間瘋狂賽跑，還要在各民族間恢復不屈於奴役的和平，調解勞動與文化之關係，讓舉世皆參與藏經櫃的重修。至於這代人能否完善此一艱巨使命，尚未可知；但在世界各地，他們已押下真理與自由的雙重賭注，必要時還將甘願為此犧牲。不管身在何地，這代人都值得尊敬、值得予以鼓舞，尤其在他們獻身之處。總之，你們方才授予我的榮譽，我應轉贈給這代人。想必諸位亦深以為然。

我既已闡述了寫作者職業的高貴性，便也順道論及了寫作者本職之所在。除了戰鬥者，他並無其餘頭銜：他脆弱又頑強，命運對他不公，他卻嚮往正義，在眾人注目之下不卑不亢地巧思，在痛苦和美麗之間往返遊蕩，最終注定在歷史的毀滅運動中，他將自身的雙重存在萃取為他的創造物。除此，誰能期望寫作者提供完善的方案和至高的信念呢？真理是神祕的、難以捉摸的，總是有待被征服；自由是危險的，道阻且長，卻令人振奮。我們必痛苦而堅定地朝這兩個目標邁進，就算虛弱也絕不能停在漫漫長路的半途。因此，哪位有自知之明的寫作者敢自稱美德的傳道人？至於我，我得重申我不是這類人。在成長過程中，我追求光明、幸福及自由，未敢有一日之懈怠。儘管這眷戀曾讓我犯下不少錯誤，但無疑能助我更好地理解自己的工作，且毫無疑慮地團結、支持那些沉默者——他們只能藉回憶或暫享自由之幸福而勉力生存於世上。

最後回到「我的實際所為」的問題上，回到我的侷限、債務和艱難的信念上來吧。值此，我感到自己愈發坦誠無礙，我要直言相告：你們方才授予我的殊榮何其慷慨，其流傳又何其深遠；我願領受它，將之分享給所有處於同樣逆境的鬥士，他們未取得絲毫獎賞，僅遭受了不幸與迫害。請接受我油然心生的感謝，接受這感謝繼而見證我的公開承諾：這一古老關乎忠誠的承諾，是每個真正藝術家每日默念於心的功課。

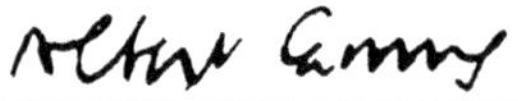

一九五七年十二月十日
瑞典斯德哥爾摩

卡繆年表

- **一九一三年 誕生**

十一月七日，阿爾貝・卡繆出生於法屬阿爾及利亞的蒙多維城（Mondovi）。父親呂西安・卡繆是酒窖工人，係法國於一八三四年占領阿爾及利亞後第一批移民的後代。母親卡特琳・桑特斯則是不會讀寫的女傭，其家族源於西班牙。阿爾貝・卡繆是他們的第二個兒子。

- **一九一四年 一歲**

十月，父親加入法屬阿爾及利亞兵團。他在第一次世界大戰的馬恩河戰役中負傷犧牲。此時母親已帶著兩個孩子寄宿在位於阿爾及爾貧民區貝爾庫（Belcourt）的外祖母家。一家人生活窘困。在幼年和童年階段，母親需要外出工作，卡繆主要由蠻橫、冷漠的外祖母撫養。

- **一九一八年 五歲**

卡繆進入貝爾庫市立小學。

- **一九二四年 十一歲**

卡繆通過考試成功申請到獎學金，進入比若中學。他在這裡開始練習足球，進入當地新近成立的「校園賽車」足球隊，擔任守門員。

- **一九三〇年 十七歲**

卡繆從比若中學畢業，進入阿爾及爾高中哲學班學習。在這裡，他遇到剛從巴黎來此執教的尚・格勒尼耶（Jean Grenier），兩人逐步建立起深厚的友誼。他不幸感染了肺結核，從身體上體驗到孤獨與死亡的臨近。他不得不離開家人去醫院接受治療，後寄居在姨丈居斯塔夫・阿科家裡。他也為此告別了剛起步的足球生涯。

- **一九三二年 十九歲**

卡繆在當地一家不太出名的雜誌《南方》上發表了四篇文章。十月，他寫了一組題為《直覺》（Intuitions）的散文詩，這可以視作他的第一部純文學作品。

- **一九三三年 二十歲**

卡繆開始在阿爾及爾大學哲學系學習，成績突出。但他的經濟狀況一直不穩定，四處搬家。

- **一九三四年 二十一歲**

卡繆不得不打零工維持生計，特別是一九三四年六月和西蒙娜・依埃（Simone Hié）成婚之後。十月，他因健康問題而免於服兵役。

• **一九三五年 二十二歲**

九月，卡繆加入共產黨，並在黨內活動積極，直至一九三七年離開。十一月，他和朋友在阿爾及爾組織成立「勞動劇院」，他們希望這家劇團能兼有大眾性和革命性。他在其中擔任演員、劇團團長、導演以及劇本改編者。

• **一九三六年 二十三歲**

四月，卡繆和「勞動劇院」的同仁們集體創作了《阿斯圖里亞斯之怒》（*Révolte dans les Astruries*）。當局禁止這齣戲上演。五月，他取得哲學碩士學位，論文題目是：〈論基督教形而上學與新柏拉圖主義：以普羅提諾和聖奧古斯丁為例〉（Métaphysique chrétienne et Néoplatonisme: Plotin et Saint Augustin）。同月，他在筆記中第一次提到，「荒誕」將成為他哲學著作的主題。八月，他與西蒙娜・依埃前往中歐旅行，兩人在布拉格分手。正式離婚則要等到一九四〇年。九月返回阿爾及爾後，他倡議在當地建立「文化之家」，不久後他擔任該機構的總幹事。

• **一九三七年 二十四歲**

因健康狀況的緣故，卡繆無法參加哲學教師資格考試，當老師的計畫擱淺。他構想了一部題為《快樂的死》（*La Mort heureuse*）的小說，後來卻放棄這個計畫，開始《異鄉人》（*L'Étranger*）的寫作。而《快樂的死》直到他逝世後才得以出版。同時，他和朋友們繼續進行劇場活動。五月，艾德蒙・夏洛出版社出版了他自一九三五年起一直在撰寫的記敘童年生活的文集《反與正》（*L'Envers et l'Endroit*），這是他出版的第一本著作。

- **一九三八年 二十五歲**

卡繆幾乎同時進行著《異鄉人》、《卡里古拉》（*Caligula*）和《薛西弗斯神話》（*Le Mythe de Sisyphe*）的寫作。他創辦了一份地中海文化雜誌《海岸》（*Rivages*），僅在一九三八年年底和一九三九年初發行了兩期，此後就停辦了。十月，他成為《阿爾及爾共和報》（*Alger républicain*）的編輯。他在這份報紙上刊登了一篇對沙特的《嘔心》的評論，還發表了一系列反映卡比利亞地區在法國殖民下遭受苦難的文章。

- **一九三九年 二十六歲**

五月，卡繆出版了隨筆集《婚禮集》（*Noces*）。九月，他報名參軍，卻因健康狀況被拒。

- **一九四〇年 二十七歲**

一月，他擔任主編的《共和晚報》（前身是《阿爾及爾共和報》）被當局禁止發行。

三月十六日，卡繆抵達巴黎。四月，他在《巴黎晚報》（*Paris-soir*）找到了一份工作，那是一九二三至一九四四年全法國發行量最大的報紙。不過，他暫時只是一名編輯部祕書。五月五日，他在蒙馬特的旅館裡完成了《異鄉人》的寫作。十二月三日，他在里昂與數學家兼巴哈演奏家弗朗西娜．富爾（Francine Faure）完婚。她的父親和卡繆同樣在馬恩河戰役中犧牲，但她家經濟狀況比卡繆家稍好一些。兩人是在阿爾及利亞相識的。

• 一九四一年 二十八歲

一月，卡繆被《巴黎晚報》辭退。他回到阿爾及利亞，住在妻子弗朗西娜位於奧蘭的家，他在那裡找到了一份教職。二月二十一日，他完成了《薛西弗斯神話》。這意味著由戲劇《卡里古拉》、小說《異鄉人》和隨筆《薛西弗斯神話》組成的「荒誕三部曲」全部完稿。

• 一九四二年 二十九歲

六月十五日，《異鄉人》由伽利馬出版社出版。八月，長期受結核病困擾的卡繆離開阿爾及利亞，前往法國東南部維瓦賴大區的帕納利耶休養，他在這裡開始《瘟疫》（*La Peste*）的寫作。十月十六日，《薛西弗斯神話》同樣在伽利馬出版社出版。

• **一九四三年 三十歲**

一月十日，卡繆再次來到巴黎，不過僅停留了大約一星期。他拜訪了伽利馬出版社，並結識了在四〇年代紅極一時的西班牙裔女演員瑪麗亞・卡薩雷斯（Maria Casarès），二人開始了長達十餘年的戀情。返程途中，他又遇到了詩人法蘭西斯・蓬熱（Francis Ponge）。六月三日，沙特的戲劇《蒼蠅》在巴黎西岱劇院上演，他因此結識了沙特。十一月，卡繆開始在伽利馬出版社擔任審稿人和叢書主編，直至去世。

• **一九四四年 三十一歲**

三月十九日，在作家蜜雪兒・萊里斯的寓所，卡繆與沙特、萊里斯一起朗讀了畢卡索在德占期間寫下的劇本《被抓住尾巴的欲望》（*Le Désir attrapé par la queue*）。匈牙利裔攝影師布拉塞應畢卡索之邀，於同年六月為這些親密友人拍攝了合影。畢卡索站在中心位置，畫面中還有西蒙・波娃、皮埃爾・勒韋爾迪和當時尚未聲名大噪的雅克・拉康。五月，戲劇《卡里古拉》與《誤會》（*Le Malentendu*）同時出版。六月二十五日，《誤會》在巴黎馬蒂蘭劇院上演，女主角由瑪麗亞・卡薩雷斯擔任。八月，卡繆成為《戰鬥報》（*Le Combat*）的主編，這是一份抗擊德國占領的地下報紙。一九四七年六月離開這個職位之前，他在《戰鬥報》上發表了約一百三十篇文章。

・一九四五年 三十二歲

九月五日，卡繆的妻子弗朗西娜生下了一對雙胞胎：卡特琳・卡繆與尚・卡繆。九月二十六日，《卡里古拉》在巴黎埃貝爾托劇場上演。十一月十五日，卡繆接受《文學動態》（*Nouvelles littéraires*）的採訪時表示：「我不是存在主義者。」年底，伽利馬出版社結集出版了卡繆的四篇《致德國友人書》（*Lettres à un ami allemand*），四封信寫於一九四三年七月至一九四四年七月間，以法國的抵抗運動為主題。

・一九四六年 三十三歲

三月到五月，卡繆在美國旅行，受到極大禮遇。八月，完成《瘟疫》的寫作。十月，結識詩人勒內・夏爾（René Char）。

・一九四七年 三十四歲

六月十日，《瘟疫》出版，迅速獲得空前的迴響。

・一九四九年 三十六歲

因身體狀況惡化，卡繆不得不暫停工作。同年夏天，他前往南美洲旅行。十二月十五日，他的劇作《正義者》（*Les Justes*）在巴黎埃貝爾托劇場上演，女主角仍然是瑪麗亞・卡薩雷斯。

・一九五一年 三十八歲

十月，卡繆出版了引起極大爭議的《反抗者》（*L'Homme révolté*）。他於次年八月回應了針對這本書的一些批評，這最終導致他與沙特、《現代》雜誌（*Les Temps modernes*）失和。

・一九五二年 三十九歲

七月與十二月，卡繆兩次回到阿爾及利亞。

・一九五三年 四十歲

十月，卡繆開始籌備將杜斯妥也夫斯基的《附魔者》搬上劇場。此時，他的妻子弗朗西娜陷入了嚴重的憂鬱。

・一九五四年 四十一歲

四月，卡繆為法國廣播電視局錄製了《異鄉人》的有聲版本。五月，出版了隨筆集《夏天》（*L'Été*）。十月，他去荷蘭旅行，並喜歡上了倫勃朗的作品。十一月，阿爾及利亞獨立戰爭爆發，這場戰爭持續到一九六二年七月。卡繆為此無心寫作。

和一九三七年秋天一樣，他決定去義大利旅行。他在都靈停留了三天，隨後去往熱那亞、米蘭、羅馬、拿波里和龐貝等地。十二月十日，卡繆返回法國。

● 一九五五年 四十二歲

四月，卡繆前往希臘旅行。五月，他成為《快報》的記者，在這份報紙上發表了一些關於阿爾及利亞戰爭的專欄文章。

● 一九五六年 四十三歲

一月十八日，卡繆前往阿爾及利亞和一些老朋友碰面，隨後於一月二十二日發表呼籲停戰的演講。這番演說遭遇超乎想像的攻擊，人們當場朝他扔石頭。公眾對這場演說的激烈反應也終止了隨後對話的可能。二月，卡繆完成了小說《墮落》（*La Chute*）。五月，此書出版。

● 一九五七年 四十四歲

三月，卡繆的短篇小說集《流放與王國》（*L'Exilet le Royaume*）出版。十月十七日，瑞典皇家學院決定將當年的諾貝爾文學獎授予卡繆。十二月十日，卡繆前往斯德哥爾摩領獎，並發表獲獎致詞。十二月十四日的《世界報》轉述卡繆的言論：「我相信正義，但在正義之前我必須先保護好母親。」

• 一九五八年 四十五歲

四月，卡繆再次返回阿爾及利亞。六月，他前往希臘旅行。他在基克拉澤斯群島(Cyclades)停留了一段時間，陪伴他的有瑪麗亞・卡薩雷斯。

• 一九五九年 四十六歲

三月，他返回阿爾及利亞陪伴剛剛做完手術的母親卡特琳。六月三十日，他改編的劇碼《附魔者》正式上演。疾病纏身的卡繆仍堅持工作，動筆撰寫了自傳體小說《第一人》（*Le Premier Homme*）的片段。這部未完稿的作品最終在他去世後，於一九九四年在伽利馬出版社面世。

• 一九六〇年 四十七歲

一月四日，卡繆因車禍意外喪生。同車的米歇爾・伽利馬在五天後也因重傷搶救無效而逝世。一月六日，卡繆被安葬於普羅旺斯大區的盧爾馬蘭公墓。

Postface
譯後記

一個名字與無數個替身

卡繆曾刺痛過他的故土阿爾及利亞。至少在一些人眼中是這樣。一九五七年十二月，趁他在斯德哥爾摩領取諾貝爾文學獎的間隙，一名阿裔學生詢問他對「民族解放陣線」領導的阿爾及利亞獨立運動的評價，他當即斥之為盲目的恐怖行為。他的理由是：「某一天，我的母親和家人也可能遭遇襲擊。我相信正義，但在正義之前我必須先保護好母親。」這段回答還有另一個措詞略顯不同的版本：「他們（指反抗者）正向阿爾及爾的電車發射炮彈，而此刻，我母親可能恰好坐在電車裡。如果那就是所謂正義，我會偏向我的母親。」

一句流傳甚廣的偽格言由此誕生了：「在正義和母親之間，我選擇母親。」它像一只標籤死死貼在卡繆身上，但問題在於，他壓根沒說過那句被重新編排過的話。我們難以揣度在阿爾及利亞度過人生前半程、直到二戰時才融入巴黎文化圈的卡繆，究竟如何看待他的故土走向獨立並將被重新定義為「故國」這一事件，以及隨之發生的一切必要或非必要的暴力。可以想見，這些在今天看來仍不合時宜的言論，在當年遭到了巴黎進步者們怎樣的異議。公開反駁此類言論的，就有他的舊友沙特與西蒙・波娃。他似乎也經歷過莫爾索在《異鄉人》裡遭受的「靈魂審判」。分隔他與朋友們的，或許不是他們政治光譜的差異，而是他在阿爾及利亞這片土地上具體的堅持與反抗。

一九三〇年代末期，尚在阿爾及爾擔任記者的卡繆（其本職是文學紀事作者）曾撰寫一系列文章，痛陳阿拉伯人民在法國殖民統治下的悲劇。他吹響的號角掀動了當地政治抵抗的旋風。事實上，此種介入性也一直縈繞著他後續的文學生涯。這位老革命分子持續的疾呼不可謂不發自肺腑，只是在當時，他的論調顯得太獨特以至於刺耳罷了。

必須承認，卡繆沒有料到僅在他去世兩年後，阿爾及利亞就贏得了民族解放鬥爭的勝利，在世界地圖上擁有了一塊獨立的面積。作為出身於法屬殖民地阿爾及利亞，兼具法國與西班牙血統但掙扎在貧窮中的白人，作為阿爾及利亞人眼中的法國人、法國人眼中的阿爾及利亞人，卡繆是否將命運的贈予轉而傾注於莫爾索的生命？第二次世界大戰爆發時，他希望像他那位為法國捐軀的父親一樣，加入法屬阿爾及利亞兵團，但肺結核病史將他擋在軍隊的圍牆外。沒過多久，阿爾及利亞當局又禁掉了卡繆為之嘔心的《共和晚報》。一九四〇年春天，身心俱疲的他只得離開母親，前往當時的世界文學中心——巴黎。

同年五月，卡繆在蒙馬特的旅館裡寫完了《異鄉人》。兩年後的夏天，經多位大老推薦，它終於在加斯東・伽利馬執掌的那家著名出版社面世了。小說的情節足以用兩場死亡來概括，它們分別揭開了上下兩部的序幕。小說開頭，主人公莫爾索的母親在養老院去世，他前往馬倫戈，轉下午兩點鐘的公車去為媽媽辦理後事。隨後，他回到自己家，去海濱浴場游泳，倚在陽臺上發呆，發展和瑪麗的戀情，遭遇薩拉馬諾和他的狗，誤打誤撞捲入鄰居雷蒙・桑特斯及其情人之間的糾紛，與友人結伴去馬松的海濱木屋。第二場死亡則涉及謀殺：我們的敘事者莫爾索在被陽光烤紅的沙灘上連開五槍，殺掉一個不知姓名的阿拉伯人。起因是阿拉伯人的妹妹和那個雷蒙・桑特斯之間產生了情感糾葛。

這場情殺（我更願意稱之為「代理情殺」）極其簡單也極其複雜：當你聽到莫爾索在法庭上澄清自己並無殺人的意圖，一切都是陽光在充當「凶手」時，可能會產生很大的困惑。不過，你至少不會因此將《異鄉人》當成偵探小說，它甚至比你想像得更古典一點——恰如沙特所說，這是一篇短小的「道德小說」，羅蘭・巴特更將其評價為「戰後第一部古典小說」。小說的第二部分圍繞因槍殺案而被捕的莫爾索在監獄、法庭的經歷和心理體驗而展開。和第一部冷靜的、保持距離感的風格相比，第二部的戲劇性更強，因為我們面對的主人公不再是那個無所事事者，而是受精確的法律制度檢視的嫌疑犯。「嫌疑」，莫爾索已覺察到這種錯位與荒謬，他對此的反應是：一改之前沉默寡言的形象，在獄中一番慷慨陳詞，然後平靜地等待死刑的執行。

我們不需要在「異鄉人」這個譯名上附加過多的文學想像。法語裡的

"l'étranger" 是很普通的詞，意為「陌生人」或「外國人」。（看看卡繆的一生吧，誰是外國人，誰又是法國人？）一九四〇年代初，在法國的巴黎和阿爾及利亞的奧蘭暫居的那段日子裡，卡繆時常在筆記本裡寫下 "l'étranger" 這個詞：「一切都讓我覺得陌生……我不屬於這裡——也不屬於別處。世界是一幅我不認識的風景，我的心在其中找不到依靠。陌生，誰能知曉這個詞究竟意味著什麼。」《異鄉人》的主人公莫爾索是一位我們都熟悉的陌生人。即便熟稔了他的全部故事，也未必能明確地知道：他是誰。我們僅僅了解到他的姓氏是莫爾索，這還是從那位略顯嚴厲的養老院院長口中聽來的：「莫爾索夫人是三年前送到這裡來的。您是她唯一的經濟來源。」在小說第二部中，預審法官訊問莫爾索的「住址、職業、出生日期以及出生地」，再細心的讀者也回答不出這些問題，因為莫爾索依舊是個陌生人。而這一再重複的「身分調查」環節同樣困擾著莫爾索。也許，他只是自以為知道自己是誰？

一些讀者因他冷漠而感到陌生，另一些則出於同樣的緣由覺得他無比親切。他對母親的死無動於衷，像是例行公事。他看似愛著瑪麗，但親密關係僅限於肉身的愉悅，一旦超出肉身感知的範圍，這種興趣的濃度會急劇降低直至消散。一個例證便是，在監獄裡不得不與瑪麗遙遙相隔時，莫爾索幻想的對象便從一個女人擴展為一群女人。或者，每當瑪麗提出結婚或以調皮的口吻問他愛不愛她，他總是閃避問題，說「那什麼都不能說明」。這是他的口頭禪。初次面見辯護律師時，律師問到他和母親的關係究竟如何，他回答：「我無疑深愛著媽媽，但那並不能說明什麼。」想想作者卡繆和阿爾及利亞之間複雜的關係吧：「如果那就是所謂正義，我會偏向我的母親。」莫爾索一度和雷蒙成了患難之交，我們也有理由相信，前者從後者的熱情中收穫了一半驚訝和一半愉悅。但這分友誼全程由雷蒙主導，莫爾索只負責針對他的提議回答「是」或「否」。我們也許驚訝於莫爾索竟如此「仗義」，果真替雷蒙寫了那封寄給阿拉伯情人的挑釁的信，但此事的推動力也幾乎全然來源於雷蒙本人。寫或不寫，對莫爾索來說根本沒什麼差別。

不過，必須澄清的是，莫爾索絕非一個對事事都無感的男人。情欲對他的擾動自不待言。小說臨近結尾時，被莫爾索拒絕數次的神父堅持親臨牢房對他進行宗教開導，忍耐已久的莫爾索終於失控了，他怒不可遏地斥責神父的「確信連女人的一根髮絲都不如」。要知道，那幾乎是他唯一一次無法自持的情緒危機。而女人的頭髮恰恰是莫爾索藉以喚回身體感受力與想像力的最重要的媒介之一，只消回想一下他跟瑪麗燃起情欲後的那個星期天，「我在床上翻了個身，想聞聞長條枕上是否殘存著瑪麗髮絲間的鹽味」。我們也不得不承認，莫爾索很擅長感知和勾勒自然之物的肌理，無論是作為考驗物的陽光抑或作為撫慰劑的海水，在他的轉述中都飽滿如阿爾及利亞的夏天。沒錯，就這一點來說，他身兼詩人、風景畫家、肖像雕刻師數重身分而不知疲倦。

莫爾索是一個將感官通道全然敞開給愛欲與自然的感受者，但他很難稱得上是積極的思考者，尤其在人事和社會性的領域。他自己也承認：「我壓根不懂得最基本的情感反應。」這也是為何他始終被視作異鄉人。他更願意把自己鎖定在一些相對封閉和狹窄的空間裡，無論是他自由時期的公寓和辦公室，還是案發後的牢房、預審室和法庭。他很快就適應監獄的生活，這絲毫不令人意外，因為早先他母親剛去世時，他就把自己的公寓布置成了監獄：「現在這房子對我來說太大了，我該把餐桌搬到自己臥室裡。現在我只住這間房，房間裡擺著幾個輕微凹陷的藤椅，壁櫥的鏡子已經泛黃，此外還有一座梳妝臺，一張銅床。其他東西就隨意扔在那裡。」他將活動空間不斷縮減到臥室的範圍。此外他只需要一個窗戶，它的作用和意義在於：他既可以做一個閒適地面朝外部的觀看者，又免於直接與外界溝通，而是將外界事物選擇性地引入熟悉的空間。莫爾索始終將溝通著內與外的閥門掌握在自己手中。這種封閉了大部分的風景、只局部顯露「市郊的主幹道」的空間結構，與他的牢房很類似：「監獄俯瞰著整座城市，透過小窗我能看見大海。」

然而，一旦被拋出這個安全區域，進入危險的外部，莫爾索的緊張情緒和潛意識裡的「罪感」就會被激發出來。當莫爾索與他母親年邁的朋友一同守靈，他從觀看者變為被觀看者時，便萌生了這樣一種在他看來很荒謬但事後發現一點都不可笑的想法：「他們在審判我。」不過，這只是牢獄生涯的表面，或者，僅僅是為海灘上發生的那場更嚴峻的危機做一次預演。

莫爾索對阿拉伯人接連開槍四次之後，自稱「就好像我在厄運之門上快速地連敲四下」，然而，從外部敲門正意味著請求進入內部，謀殺行為幫他實現了從開放空間返回到他熟悉的密閉空間的可能——從海灘到辦公室，從豔陽天到牢房，莫爾索獲得了似曾相識的安逸，但同時，外界施加給他的罪感化為羈押的現狀。他因無名阿拉伯人被殺案而被捕，但法庭的幾輪推測卻一再聚焦於他母親的死亡。檢察官認定，恰恰是莫爾索殺了自己的母親，他「從道德上」殺了她：因為早在埋葬她的時候，他就懷了一顆「罪犯的心」。他們堅持認為：第一樁罪行是第二樁罪行的預備與鐵證。就像卡繆在一九五五年的自序中所總結的：「在現行社會，倘若某人沒在母親葬禮上哭，便有被處死的風險。」我們可以把整本書的情節簡化成一句話：莫爾索因「陌生」而獲罪。異鄉人有罪。罪名即是：「與人類社會格格不入」。

然而，回到槍殺案本身，我們就會察覺到一種怪誕與錯亂。莫爾索被判死刑，不是因為殺了阿拉伯人，而是因為看門人詢問他：「您不想看看（您母親的遺體）嗎？」他回答說不想。也因為他沒有略微在母親墓前停留片刻。「道德的人」對人的審判，是對人的「靈魂」的教會式審判而非對行為的審判。莫爾索獲罪，竟然不是因為他做了什麼（開槍殺害阿拉伯人），而是因為他沒有做什麼（沒在母親葬禮上流淚）。

我們不會忘記預審法官在陰暗的提審室裡那句陰森森的發言：「我真正感興趣的，是您。」「罪惡靈魂」的前提一旦被給定，法律的任務便成了杜撰謀殺者的故事線。在法庭上，法官、檢察官和律師忽然變身為小說家，以各自的想像補充莫爾索在罪行之外的「罪行」，從而使他的「罪」符合邏輯：「各位陪審團成員，請你們注意，這個男人在母親葬禮後的第二天就去游泳，跟一位女人發生關係，還看著喜劇片哈哈大笑。」再晚一些，檢察官更言之鑿鑿：「就是這個人，在他母親入葬的第二天，就進行了最無恥的淫亂活動，而且僅僅為了一些微不足道的瑣事，為了清算一樁傷風敗俗的情事，就動手殺人。」然而，我們從小說第一部的敘述中很容易發現，在莫爾索的視線裡，很多事件原本就是彼此分離、並無邏輯關聯的。坐在被告席上的莫爾索只能以他沉默寡言的風格為自己辯白，配合著檢察官的表演而蛻變成這部法庭小說的「讀者」。他說，律師的「才華遠不如那位檢察官」，「他根本沒提葬禮的事，這可以說是嚴重的漏洞」。

不過，律師的辯護策略正是從嫌疑人面臨的根本困境出發的：正義的審判既已開庭，嫌犯卻尚未真正獲得受審的資格。每當得到珍貴的發言機會，他總是口齒不清、語無倫次。他的話語裡遍布著偶然性，而邏輯的必然性卻時時缺席。檢察官對此的評價是：「『偶然』在整個故事裡真是做盡了壞事，把良心都敗壞了。」我們要如何在聽眾面前為這樣一個荒謬的人辯護？檢察官與律師看似對峙，雙方卻保持著內在的一致性：他們都默認法律所保護的正義首先是「正常人」的正義。於是，爭議的焦點始終在於，莫爾索是不是這一框架下的正常人。「是我殺的人。」律師代莫爾索進行的陳述令當事人驚愕萬分。然而，這一敘事策略確實為嫌疑人補充了他在發言中缺少的確定性。律師試圖以他的筆法與口才將莫爾索重塑為一個安全的、遵循社會規範（例如，他本應高聲為自我辯白）的人，然而，莫爾索本人的在場破壞了這一「人設」。當聽眾將哄笑送給他為殺人做出的無力辯解——他說殺害阿拉伯人「是由於太陽的緣故」——荒誕性的另一面稍稍被揭開：嫌疑犯恰恰因到場而被排除在審判之外。

對莫爾索的死刑判決或許是均質世界中每一個赤裸的「闖入者」的必然命運。「《異鄉人》描寫的是人在荒誕面前的那種赤裸。」卡繆在筆記本裡如是承認。事實上，審判早已在庭審日之前展開。僵化的情感與道德模式可以在任何時間地點現身，對闖入者來一次漫不經心的拷問。守靈夜是庭審的一次預演，而陪審團令莫爾索聯想到電車座位上的乘客：「他們打量著剛上車的你，指望在你身上發現可供取樂的東西。」我們發現，莫爾索與任何時空的遭遇幾乎都激發著他的「罪感」，而這罪感並不來自於他對社會法則的違背，而僅僅來自於周圍「乘客」對他的審視。由此，他在獄中設想著他被執行死刑的場景：「蜂擁而至的人群對我致以憎惡的嚎叫。」這意味著某種和解、服從，抑或是在發起一輪充滿至高敵意的挑釁？但最終，他此前想像中的死亡的儀式感被徹底打消，他突然發現一個驚人的事實：「實際上，斷頭臺就簡簡單單地擺在地上，沒什麼比這更簡陋的了」，而且「斷頭臺的高度跟走向它的那個人身高等同，人靠近它，就像跟另一個人相遇」——這讓他覺得有些「丟人」。或許，正如他在監獄裡反覆閱讀的那則荒誕的當代悲劇，在特定空間中的一死，能夠成為人在時間中被辨認的憑據：

> 我在草席和床板之間發現一張報紙殘片，幾乎黏在褥布上，泛黃，透明。敘述的是一則社會新聞，開頭已經缺漏，但猜得出發生在捷克斯洛伐克境內。一個男人離開他的捷克村莊去謀生。二十五年後，他發了財，終於攜同妻兒衣錦還鄉。他母親和姊姊那時在村裡經營一家旅館。他決定給她們一個驚喜，便將妻子孩子安置在另一家旅館，自己逕自去了母親那裡，母親卻沒認出他。為了逗逗她們，他臨時起意訂了一間房，還炫耀了自己身上的錢財。入夜，她們用錘子謀殺了他，劫走錢，又將屍體拋進了河裡。翌日早晨，他妻子來尋他，不明就裡地報出了客人的真實身分。他媽媽因此上吊，姊姊則投了井。

「以法國人民之名」做出的死刑判決使《異鄉人》的主人公免於那位捷克青年的厄運——還好，判決是基於莫爾索的真實姓名做出的。於是，我們不妨將視線轉向《異鄉人》中真正的無名者，那位被莫爾索連開五槍致死的阿拉伯人。這一情節的設置後來被提升為一樁文學事件，在卡繆生前與死後反覆被人提及。一九四一年，最早讀到《異鄉人》手稿的那批作家裡，安德烈・馬爾羅和巴斯卡・皮亞都曾擔心殺害阿拉伯人的那段情節「不夠有說服力」，但他們提供的修改建議僅限於增補一段文字以加強陽光與阿拉伯人的匕首之間的關聯。而卡繆堅持認為其中毫無缺陷。他們或許無暇注意到「無名者」的問題；但卡繆在作品裡剝除阿拉伯人「被命名權」的做法，在阿爾及利亞同胞眼中卻是暗含現實影射性的道義上的瑕疵，它進而演變成一樁作者自己都始料未及的醜聞。事實上，無名受害者的妹妹，情感糾紛的當事人之一，也在卡繆筆下遭受了同等的待遇。莫爾索透過她的名字辨認出她是個摩爾人（即北非阿拉伯人的統稱），但他自始至終都沒有說出那個名字。

這恰恰構成了七十年後卡梅・答悟得寫作小說《異鄉人：翻案調查》的起點。同樣出身阿爾及利亞、用法語寫作的答悟得，在這本二〇一三年出版的小說中讓那個被殺死在沙灘上的阿拉伯人有了名字——「穆薩」，它在阿拉伯語裡正是「摩西」的對應詞。就像是為他的文學前輩卡繆彌補了一點缺憾。

——二〇二〇年二月八日
於挪威貝根

異鄉人 / 阿爾貝 ・ 卡繆 ; 秦三澍譯 . -- 初版 . -- 臺北市 : 時報文化 , 2020.12
192 面 ; 14.8×21 公分 . --（愛經典 ;46）譯自 : L'Étranger
ISBN 978-957-13-8464-1（精裝）

876.57 109018078

作家榜经典文库®

ISBN 978-957-13-8464-1
Printed in Taiwan

愛經典 0046

異鄉人

作者—卡繆｜譯者—秦三澍｜內頁插畫—Ilyicheva Alexandra Yuryevna｜編輯總監—蘇清霖｜校對—劉素芬｜封面設計—FE 設計｜封面插畫—吳宗柏｜企劃經理—何靜婷｜董事長—趙政岷｜出版者—時報文化出版企業股份有限公司 一〇八〇一九 台北市和平西路三段二四〇號四樓 發行專線—（〇二）二三〇六—六八四二 讀者服務專線—〇八〇〇—二三一—七〇五、（〇二）二三〇四—七一〇三 讀者服務傳真—（〇二）二三〇四—六八五八 郵撥—一九三四四七二四時報文化出版公司 信箱—一〇八九九台北華江橋郵局第九九信箱 時報悅讀網—http://www.readingtimes.com.tw 電子郵件信箱—new@readingtimes.com.tw｜法律顧問—理律法律事務所 陳長文律師、李念祖律師｜印刷—紘億印刷有限公司｜初版一刷—二〇二〇年十二月十八日｜初版三刷—二〇二四年三月十三日｜定價—新台幣三〇〇元｜（缺頁或破損的書，請寄回更換）

時報文化出版公司成立於一九七五年，並於一九九九年股票上櫃公開發行，於二〇〇八年脫離中時集團非屬旺中，以「尊重智慧與創意的文化事業」為信念。